W I N G S ・ N O V E L

金星特急・番外篇
花を追う旅

嬉野 君
Kimi URESHINO

JN035522

新書館ウィングス文庫

S H I N S H O K A N

金星特急・番外篇　花を追う旅

目次

「金星特急」STORY

初恋の少女・金星の花婿募集に応じ、途中下車不可の金星特急に乗った錆丸は、旅の仲間となる砂鉄とユースタス、途上で知り合った傭兵集団・月氏の面々と共に数々の危機を乗り越えて金星の元にたどり着く。だが乗客全員を無事に帰す条件は錆丸が金星を殺すこと――すべては錆丸を英雄にしたいという金星の望みゆえだった。錆丸は最愛の女性を失うが金星は娘を残す。

＊詳しくはウィングス文庫「金星特急」全7巻＋外伝を読んでね！

CHARACTERS

錆丸〈さびまる〉

金星との世紀の大恋愛のすえ生まれた愛娘の桜を育てながら、横浜でバーを経営している。

桜〈さくら〉

錆丸と金星の娘。金星の死後、花樹の蕾から生まれる。

〈さてつ〉砂鉄

錆丸と金星特急で共に旅をした仲間。傭兵集団・月氏の黒の二鎖で腕が立つ。一匹狼的な性格。ユースタスとは恋人同士。

ユースタス

錆丸の元・旅の仲間。幼い頃実の母に売られ、女ながら男として育つ。金星から人を惑わす能力を与えられている。天然で大食い。

夏草〈なつくさ〉

白の一鎖。錆丸の義兄弟。活字中毒で料理が得意。バベルの一族の出身。

〈さんがつ〉三月

白の二鎖。錆丸の義兄弟。夏草の相棒。甘いもの好き。桜を溺愛している。

金星〈きんせい〉 全世界を魅了した絶世の美女にして万能で無慈悲な女神。錆丸に恋したことにより歪んでしまった歴史を元に戻すため、彼に消されることを選ぶ。死に際して忘れ形見の桜を残す。

伊織〈いおり〉 錆丸の父親違いの兄。あだ名はエロ狂犬。

アカシ夫妻 錆丸の養父母。理容店経営。

雷鳥〈らいちょう〉 赤の女性一鎖。酒豪でトラブルメーカー。

無名〈むみょう〉 苦労性の赤の二鎖。

鎖様〈くさりさま〉 月氏のトップ。少女のような容姿だが実際は50代。

KEYWORD

【金星特急】金星の花婿候補を運ぶ特別列車。終点で待つ金星の元にたどり着き、花婿に選ばれればこの世の栄華は思いのままと言われていた。
【月氏(げっし)】傭兵集団。黒・白・赤、各100人ずつのグループ(=鎖)に分かれており、その上に鎖様(くさりさま)が君臨する。
【世界語(シージエユー)】200年ほど前に人為的に作られ、全世界で使用されている世界共通語。
【バベルの一族】世界語以外の言語を話す民族。
【純国語普及委員会】通称・純国普。世界中に世界語を普及させるため、バベルの一族の抹殺を企む。現在は弱体化。

イラストレーション◆高山しのぶ

武力とお菓子

わたしは、お花のなかで眠っていたよ。

錆丸《さびまる》の一人娘である桜《さくら》がそう言ったのは、三歳になったばかりの時だった。公園で満開の桜を見上げ、桜と同じ名前のお花だよ、と教えると、唐突にそんなことを呟いたのだ。

「お花の中で？」

「うん。あったかいとこで、いい匂いだった」

子どもはよく突拍子《とっぴょうし》もないことを言い出す。空は毎日誰が色を塗ってるのと質問したり、犬はぜんぶ男の子で猫はぜんぶ女の子、と断言したりもした。そのほとんどが微笑《ほほえ》ましい子どもの勘違いだ。

だが、彼女が花の中で眠っていたという言葉には、思い当たることがあった。

桜の母親は女神だ。

不可思議な力を持ち、彼女の一喜一憂が世界を揺るがすほどの存在だったが、もうどこにもいない。桜を授《さず》かると同時に自《みずか》ら死を選び、身体は美しい花樹となった。桜はその蕾《つぼみ》から生まれてきたのだ。

「どんなお花だったか覚えてる？」

「分からないよ、暗かったから。でも、お花だったよ」

胎内《たいない》記憶というやつだろうか。

まれに胎児の頃の記憶を持ったまま生まれてくる子どもがいると聞く。母親が妊娠時に聞いていた音楽を唐突に歌い出したり、自分を取り上げた医者の顔をはっきり覚えていたりするらしい。医学的根拠があるとも眉唾《まゆつば》ものだとも言われているが、中卒の自分には判断がつかない。

児童書によると、子どもは三歳ぐらいから嘘をつき始めるらしい。女児《じょじ》の例に漏れず桜も言葉は早かったし、綺麗な花を見て、その中で眠る自分を想像しただけかもしれない。

だが、あったかいとこでいい匂い、というのが気になる。

彼女に「母の胎内は温かい」という概念があるだろうか？　花の中なのに温かいと思うだろうか？

気になって桜にあれこれ質問したが、彼女は「眠っていた」以上のことは言わなかった。眠っていたのに覚えている、という矛盾にも気づいていないようだった。

翌年、また桜の咲く季節になり、錆丸は同じ公園で同じ満開の花を見上げ、娘に聞いてみた。

「桜は、お花の中で眠っていたんだよね？」

すると彼女はきょとんとして、首を大きくかしげた。

「お花のなか？　どのお花？」

彼女は、一年前に自分が言ったことを覚えていなかった。花の中で眠ったことなどなく、温かくて暗くていい匂いのする場所など知らないそうだ。

あれは子どものたわいもない嘘だったのか、それとも胎内記憶が薄れてしまったのか。

その年、桜は幼稚園に入った。

そして他の子には両親がそろっているのに気づいてしまった。これまでも自分に「ママがいない」ことは認識していたものの、それはどこかおかしいと感じ始めたようだ。

母の顔さえ知らない彼女は、恋しがって泣くことはしない。だが、お友だちにはみんな母親がいるのに、なぜ自分にはいないのか、どうしてここにいてくれないのか、それがどうしても納得できなかった。

幼い桜に死の概念は難しすぎた。いくら説明しても、じゃあいつ桜のママは戻ってくるの、と問い返すばかりだ。

錆丸は出来る限り娘の心情をくみとり、いたわった。幼稚園行事には全て参加したし、休日はほぼ彼女のために使った。理容店を営《いとな》みつつ同居する錆丸の両親も、これ以上はないほど愛情深く接してくれた。

だが、桜に母がいないという事実だけは変えられない。

桜が横浜の公立小学校に入学した年の、葉桜の季節だった。

「母さんいないの普通じゃない、ってクラスの男子に言われたらしいんだよねえ」

錆丸は自分の経営するバーに寄った兄たち三人にそう言った。

世界のどこにいるのか分からない彼らであるが、まれにこうして横浜に集うと、店を閉めてからの兄弟飲みが恒例となっている。

「桜は担任の先生にもお友だちにも恵まれてるんだけど、一人だけ、ふしかてい、ってのをしつこくからかってくる『いとうくん』っていう男子がいるみたいで。同じクラスになってまだ一ヵ月なのに」

すると次兄の三月《さんがつ》があっさりと言った。

「何そいつ。殺しとく？」

最も桜を溺愛《できあい》し、伯父馬鹿の名をほしいままにしている彼は、冗談でこう言ったのではない。傭兵《ようへい》業のかたわら、本気で桜の敵を抹殺《まっさつ》しに行きかねない。目が笑っていない。

「六歳児を殺すな」

カウンター内で料理していた夏草《なつくさ》がわずかに眉をひそめ、そうたしなめた。

三男である彼は三月の仕事上の相棒で、狂犬とあだ名される三月の手綱《たづな》を引ける唯一の人物でもある。部下からの人望も厚く、錆丸はひそかに兄弟の良心と呼んでいる。

「いやいや、六歳児じゃなくても殺しちゃ駄目だぜ、お二人さん。ここは日本だ」

長兄の伊織《いおり》が苦笑しながら、煙管《きせる》を軽く振って見せた。風来坊《ふうらいぼう》の根無し草かつとんでもないトラブルメーカーだが、物騒《ぶっそう》な職業の三月や夏草に向かっては、まれに常識的なことを言う。

錆丸と伊織は異父兄弟だが、三月と夏草とは血はつながっていない。錆丸が金星特急の旅で出会った二人と義兄弟になり、従って伊織とも兄弟になり、今やアカシ家の四兄弟だ。

桜のことを相談された三人の兄たちはそれぞれ見事に予想通りの反応だったが、彼らに子育ての悩み事を聞いてもらえるだけでもありがたい。還暦《かんれき》間近の両親をあまり心配させたくないのだ。

錆丸は深い溜め息をついた。

「幼稚園の時はさ、桜を色眼鏡で見るのって周囲の保護者だけだったんだよね。幼児たちはまだ、友だちの家庭の事情とかあんまり理解してなかったし、理解してても『だからなに?』って感じで」

だが小学一年生ともなれば子どもも急速に社会性を帯び、自分の立ち位置なども分かってくる。面と向かって桜をからかう子もいれば、興味本位の同情や親切を装《よそお》った哀れみの目を向ける子もいる。桜はあまり神経質なたちではないが、そういった偏見は敏感に感じ取るようだ。

錆丸は棚に並んだキープボトルから、期限切れのものを選んでカウンターに置いた。それぞれのペースで好き勝手に飲みながら、夏草が作ってくれるつまみをつつく。

「来年のクラス替えも心配なんだよね。俺や伊織が子どもの時は二年に一回だったんだけど、今は毎年やる学校多いみたいで。いとうくんだけじゃなくて、また来年いじめっ子が増えたらどうしよう」

「増えたら脅《おど》せばいいじゃん。一回オシッコ漏らすぐらいビビれば桜に近寄らなくなるでしょ」

「いやいやいや三月、その『殺さなきゃＯＫ』みたいな感覚やめて。相手は子どもだって」

「担任は頼りにならねえのかい」

「いい先生なんだけど、桜が言いつけみたいなこと嫌がるんだよね。彼女なりに自分で何とかしたいらしくて」

男四人でああでもないこうでもないと対策を講《こう》じ合ったが、そもそも伊織と錆丸も母子家庭育ち、しかも母親は遊女で教室では遠巻きにされていたし、三月と夏草に至っては学校に通ったことがない。小学一年生のひしめくクラスがいまいち理解できない上に、あの年頃の女児が何を考えているか想像もつかない。

打開策も見つからないままだらだらと酒を飲み、明け方近く、朝獲《と》れたばかりの魚で朝食を食べさせる店へ移動することにした。バーのお開きまで居座る常連たちとよく流れるところだ。

「子育ての愚痴《ぐち》に付き合ってくれて兄ちゃんたち有り難《あがと》うね。朝食はおごるよ」

店を閉めて外に出ると、五月とはいえ明け方はまだ肌寒い。薄明るくなりつつある野毛《のげ》からぶらぶらと黄金町《こがねちょう》を目指す。

「移動しながら問題を整理するぞ」

生真面目《きまじめ》な夏草が、指を折りつつ言った。

「一つ。桜がクラスの男子から、『母親のいない家庭は普通ではない』と言われた。彼は桜をしつこく父子家庭だとからかっている。——殺すのは無しだ、三月」

口を開きかけた三月を先に制し、夏草は淡々と続けた。

「二つ。担任は頼りになるが、桜は言いつけることをしたくない。教師への密告を卑怯だと考えているからか？」

「たぶん違う。桜は結構気が強いし、自分で彼に意趣返《いしゅがえ》しをしたいんだと思う。先生という権威を頼るんじゃなくてね」

「なるほど。では三つ。来年のクラス替えでは、その男子と再び同じクラスになったり、さらにはいじめっ子が増える可能性もある」

「つまり、いとうくんに一時的な対処をしたところであまり意味は無いと思うんだよね。この先、桜はずーっと父子家庭なわけだし」

こうやって他人から整理されると、少しずつではあるが解決法も見えてくるような気がする。まあ、朝食を食べながら兄弟談義第二弾だ。

黄金町に足を踏み入れると、三月が軽く口笛を吹いた。

「この辺初めて来た。横浜は赤線《あかせん》以外にも綺麗なお姉ちゃんいっぱいいるんだねえ」

黄金町は赤提灯《あかちょうちん》のちょんの間《ま》が建ち並ぶ風俗街だ。

さすがにほとんどの店は閉まりかけているが、お茶を引く前の最後のあがきでしつこく声をかける嬢《じょう》や、こちらが金を持っているかどうか判定しているらしきやり手婆《てばばあ》もいる。

それらをやり過ごし、錆丸が三人を連れていった定食屋は、ちょんの間帰りの客や仕事を終えた嬢でぎっしりだった。着流しに煙管の伊織、そして女と見れば反射的に愛想を振りまく三月へと全員の視線が注がれる。この二人が揃っていると、周囲からの視線が熱くてかなわない。

煙草の煙と香水の香りが充満する店で、奇跡的にちょうど空いたテーブルに腰掛けながら、伊織が笑った。

「周りの客、絶対に俺たちのこと夏草に悪い遊びを教えてる遊び人三人組だと思ってるだろうよ」

「だろうねえ、この中で夏草ちゃんだけだもん見るからに真人間なの」

「ちょっと待って待って、俺も遊び人側なの？」

伊織と三月の軽口に錆丸は抗議したが、当の夏草は意に介する様子もなく、手帳を取り出した。さっき自分が並べた問題点を書き付けていく。

「錆丸の言うとおり、その男子一人を何とかしたところで対症療法に過ぎない。この場合、桜自身の意識を変えるか、桜を取り巻く環境を変えるか。その二つだろう」

「桜の意識を変える？」

「父子家庭であることをからかわれるのは、それが現代日本において珍しいと考えられているからだ。世界には片親どころか両親のいない子どもなど溢れているのに」

その言葉に錆丸はハッとした。

自分は金星特急の旅で世界を見てきたはずだった。

なのに日本に戻って子育てを始めてから、いつの間にか狭い世界の常識に囚《とら》われていたようだ。

運ばれてきた朝の魚定食四つに、熱燗《あつかん》をつけた。焼き魚や刺身を肴《さかな》に、子育て悩み相談室という名の二次会へと突入する。

箸《はし》を上手く使えない三月が、指で平目《ひらめ》をつまみながら言った。

「桜の周囲を粛清《しゅくせい》するのが駄目ならさ、桜に強くなってもらうしかないよね。錆丸に前、教えたでしょ、体格のまさる相手に勝つ方法」

錆丸は金星特急での旅において、三月と夏草に色々なことを教わった。

具体的な指導をしてくれたのは夏草だが、笑顔のまま他人の頸動脈《けいどうみゃく》を断ち切れる三月が錆丸に言ったことがある。

「……覚悟のみ」

「そう。誰かを傷つけようとする奴は、人が傷つくと調子に乗る。だからまず、桜は『父子家庭なんか普通』って意識を持ち、かつ反撃できる精神力を持たなきゃだね。本当なら俺がいじめっ子を抹殺して歩きたいけど」

「うーん」

三月にしては真っ当な意見だとは思うものの、父子家庭が普通だと思えるのは、この環境においては難しい。幼稚園や公園に母子家庭の子はいたが、父子家庭は滅多《めった》にお目にかかれない。

するとと熱燗をぐいっとあおった伊織が言った。

「取りあえず、桜に『母親とは何か』を学ばせちゃどうよ。優しくて温かくて、毎日お弁当を作ってくれるママばっかりじゃねえってこと、知ってもいいんじゃねえかねえ」

母親とは何か。

錆丸は一瞬、伊織の目を真《ま》っ直《す》ぐに見た。自分と伊織を産んだ実母の顔が、そして彼女を殺した時の金星の顔が浮かぶ。

桜が欲する、優しくて温かい、絶対的に自分を庇護《ひご》してくれる存在。

多少は荒療治だが、それは普遍的なものではないと教える必要があるのかもしれない。

考え込んでいると、伊織がニヤッと笑った。

「それと、その『いとうくん』についちゃ手荒じゃねえ対処法があるから、俺に任せな」

それを聞いた錆丸は思いっきり顔をしかめた。自分がどれだけトラブルメーカーか分かっているのだろうか、この兄は。

変なことすんの止めてね、と釘《くぎ》だけは一応刺し、すっかり日が昇った頃、アカシ兄弟会議はお開きとなった。

伊織は定食屋の前で「ねんごろのとこにでも行くサ」とひらひら手を振って立ち去ったが、意外なことに三月も用事があると言い出した。

「いとうくんとやらを調べてくる」

「えっ」

「敵に対処するにはよく知るのが大事でしょ、錆丸にも教えたことじゃん。いとう、ってのは名字？　名前？」

「ちょっちょちょっと待って、本気で？」

伊織といい三月といい、いとうくんの身にひしひしと危険が迫《せま》っている。錆丸は慌てて言った。

「いやさっきまで夜通し話した結論、『いじめっ子は今後も出てくる可能性がある。母親とは何かを学ばせ、桜自身の意識を変えて強くする』だったよね？　何でまたいとうくんに戻るの」

「手出しはしないって。ただ知っときたいだけ」

三月の決意は固いようだった。今すぐにでも桜の小学校に忍び込み、児童名簿を漁《あさ》りだしかねない。

夏草が軽い溜め息と共に言った。

「こうなったらもう、こいつは聞かん。妙な真似はしないよう、俺が見張っておく」

「やった、日本人に見える夏草ちゃんついてきてくれんの有り難《がた》い。ここじゃ俺目立つしさあ」

二人は朝の光を浴びながら、さっさと立ち去っていった。

世界的に有名な傭兵組織の、しかも諜報《ちょうほう》戦を得意とする白鎖《はくさ》のトップたちが、休暇で日本に来てやることが六歳児の調査。

いとうくんの運命はこれいかに。


「お爺《じい》ちゃんのママは、どんなママ？」

朝、桜がショウイチに顔を合わすなりそう聞いた。

錆丸の養父であり、理容店を営む彼は、血のつながらない孫娘の世話もよく見てくれる。無口だがとても頼りになる「お爺ちゃん」だ。

テーブルの定位置で新聞を読んでいたショウイチは、細い目を少しだけ見開いた。

「お爺ちゃんのママ、かい？」

「パパが、お爺ちゃんにもママがいるって。お爺ちゃんなのにママいるの？」

桜のお見送りのために自宅兼バーであるビルに戻った錆丸は、養母のフミエと共に朝食を作りながら言った。

「桜がね、ママのこと知りたいって何度も聞くもんだから、じゃあ他の人のママってどんなだか聞いてごらんって勧めたの」

「……私の、母ねえ」

ショウイチは戸惑いつつも眼鏡の位置を直し、開きかけていた新聞を閉じ、錆丸を見た。口のあまり達者でない彼はよくこうして、視線だけで質問を投げてくる。

味噌汁をよそいながら、錆丸は言った。

「桜はね、お爺ちゃんは生まれた時からお爺ちゃんだと思ってたみたい。さっき、お爺ちゃんにも産んでくれたママがいたんだよって言ったらビックリして」

「ああ、確かに私も幼いころ、父と母にもまた父と母がいると知って驚いたな」

そう言えば錆丸もそうだった気がする。

幼い自分はどんどん成長していくのに周りの大人はちっとも変わらないから、彼らは永遠にその年齢のままだと思い込んでいた。物心がつくころ、子供も大人も年寄りも平等に時間が流れているのだとようやく理解した。

ショウイチはしばらく考え、錆丸の目を見て新聞を畳《たた》み、それから桜へ視線を移した。

「私の母はね、何も言えない人だった」

意外な返事だった。

若くして亡くなったという彼の母について錆丸が聞いたことはほとんどない。

田舎の長野で法要はしているようだが関わらなくていいと言われているし、まだ存命中であるはずの義理祖父とも錆丸は会ったことがない。何かしらのわだかまりがあるらしい。

「なにもいえないひと？　くちがきけないの？」

「口はきけたけどね、自分の望みというものを何一つ口に出せなかったな。たとえば、ここに四つ、桃があるとするね」

ショウイチは新聞広告の中からピンクっぽいものを取り出し、四つにちぎり、それぞれを丸めてボールにした。桜の前に並べる。

「普通なら、今ここにいる桜、パパ、お爺ちゃん、お婆ちゃんで桃を一つずつ分けるよね」

「うん」

「でも私の父は、それをしない人だった。気分で四つとも齧《かじ》り、妻にも子どもにも与えず、食い散らかしたかすを庭に投げ捨てるんだよ。母はそれを見て、ごめんね、と言うだけの人だった」

いきなり六歳児にはヘビーな話がきたぞ、と錆丸は覚悟した。

錆丸がわざわざ「母」について聞いてごらんと桜に勧めたのだから、情操教育としてちゃんと意味がある。ショウイチはそう考え、あいまいに取り繕《つくろ》うより正直に話したのだろう。

桜はよく意味が分からないようだった。

首をかしげて言う。

「お爺ちゃんのパパはいじわるだったの？」

「そうだね、意地悪な人だったね。そしてママは、その意地悪を見て見ないふりをする人だった。それが良くないことなのは、桜も分かるね？」

ショウイチの穏やかな声に、桜はしばらく難しい顔で考え込んでいた。

自分が思っていた、「優しくて綺麗で温かいママ」像とは相当にずれていたようだ。

彼女はショウイチに答えず、卵焼きを切っていたフミエにも尋ねた。

「お婆ちゃんのママは？　どんなひと？」

とたんに少々憤《いきどお》った返事があった。

「料理が下手！　カレーに醤油《しょうゆ》をたっぷり注ぐのよ、この方が身体にいいとか言って」

フミエの母語りも容赦《ようしゃ》がないものだった。歩き方がうるさいだの、縫《ぬ》い物も下手だの、びっくりするほど大声で笑うだの散々だ。

こちらの実家は伊豆にあって桜の曾祖父母《そうそふぼ》ともに健在だ。フミエに兄弟姉妹が多いこともあり、実子の無かったフミエとショウイチ夫妻は今まであまり交流がなかったようだが、桜という孫が出来てからあちらに出向くことも増えた。

桜も「ひーじ」「ひーば」に歓迎されていたはずだが、あの老人たちがフミエの両親だと認識していなかったらしい。

「でもね、うちの母さんはうるさいほど子供たちが好きなの。もう何でもかんでも口を出して、私が女学生になってからも五歳ぐらいだと思い込んでて」

フミエが卵焼きを食卓に乗せながらそう言うと、桜はますます混乱した顔になった。

「お婆ちゃんは、ママが嫌いなの？」

「それがねえ、本当に色々困った人だけど嫌いにはなれないの」

桜は首をかしげたまま、卵焼きを口に運んだ。

横暴《おうぼう》な父に逆らえないショウイチの母も、子に過干渉なフミエの母も、桜にはまだ理解しがたいだろう。だが、世間一般ではありふれた話だ。

朝食を終えると、錆丸は桜を身支度させ、スクールバスのバス停へと向かった。

いつもはおしゃべりな桜が、珍しく黙り込んでいる。ショウイチとフミエの話がショックだったのだろうか。

「あのね、桜」

錆丸はぽつりと言った。

「パパを産んでくれた本当のお母さんの話、知りたい？」

錆丸が養子だというのは桜も理解しているが、詳しい事情はまだ話していない。

だが錆丸にも本当のお母さんがいると聞いて、少しびっくりしたような顔だ。おそらく、錆丸がまだ目も開かない赤子の頃、乳児院かどこからかショウイチとフミエに引き取られたようなイメージだったのだろう。

六歳。

小学校という新しい世界に馴染むまで大変なこの時期に、父親の重い過去など聞かせていいものだろうか。さすがに俺のお母さんを殺したのは桜のママだよ、などとは言えないが、実母との確執は話さなければならないだろう。

錆丸の声の調子から、桜は敏感に何かを感じ取ったらしい。しばらく迷ったあげく、こくりと頷いた。

「聞きたい。桜のお婆ちゃんね？」

「うん。パパのお母さんにはね、パパと伊織の二人の男の子がいた。お母さんは伊織のことは凄《すご》く好きだったけど、パパのことはどうでもよかった」

実母に愛されなかった寂しさ、それは死ぬまで忘れることはないだろう。

桜と同じ年頃のとき、自分は実母に必要とされたくて必死だった。挨拶《あいさつ》をしても返事はないが、たまに邪険《じゃけん》な声で呼ばれ、使い走りを言いつけられる。その時は全力で色街を駆け抜け、用を果たした。だがそれを報告に行っても、彼女が錆丸の顔を見ることは一度も無かった。

「……お婆ちゃんはパパが嫌いだったの？」

「嫌いって感じじゃないよ。ただ、興味が無かった。興味が無い、分かるかな……うーん、パパのことをその辺の犬か猫とかぐらいに思ってた」

「ワンちゃんとネコちゃん？　可愛いよね？」

「可愛くもないんだよ。ただ、人間がそこにいるって思ってなかったみたい」

実母は自分にそっくりの美貌を持つ伊織を愛したが、平凡な容姿だった錆丸を憎んでいたわけではない。ただただ、無関心だった。

なので、錆丸を傷つけるために伊織だけ過剰に可愛がってみせたりなどもしなかった。ただ純粋に、伊織しか見えていなかった。

「パパも、お婆ちゃんが嫌いだったの？」

嫌い、なのだろうか。実母のことを。

自分に桜という娘が出来て以来、こんなに愛《いと》おしいものが世界に存在するなんて、と毎日のように驚いていた。あまりにも愛情が溢れて止まらないので、これは人間に刻み込まれた基本的な感情だと信じそうになった。

だが、実母のように子に無関心な親もいる。

――せめて憎めたらよかったのに。

我が子たちを差別しやがって、と恨み辛《つら》みの感情を持てたなら、それを昇華させることが出来ただろう。実母の酷《ひど》い死に様を見て、ざまあみろと思えたかもしれないのに。

だが、憎みきれない。あるのは寂しさだけだ。

今、桜に笑って言えるのは一つだった。

「嫌いにはなれないよ。今でもね」

桜は不思議そうな顔になった。

自分を嫌っている相手なのに嫌いになれない。それがどんなことか考えているようだ。

バス乗り場へと近づいた。

すでに何人もの児童が母親と一緒に並んでおり、仲良しのお友だちも見える。するとさっきまで難しい顔だった桜がとたんに笑顔になり、手を振って駆け出した。

「こら、桜、走っちゃ駄目！」

そう注意した錆丸は、顔見知りになったママさんたちにも如才《じょさい》なく朝の挨拶をした。彼女たちのおしゃべりに参加すると小学校の情報がどんどん入ってくるので、これも親の大事な仕事だ。

さっそく、一年四組の担任さんが婚活中で、という話題に興《きょう》じていると、子供たちの群れの中から、ひときわ大きな歓声があがった。

「すごーい、桜ちゃん！」

何事かと見守っていると、桜が錆丸の元に走ってきた。

口をかぱっと開き、下の前歯を指差す。

「はは、みへ、ぐらぐらしひぇる！」

彼女は大興奮した顔で、舌先で前歯を押したり、指でつついたりしながら、なぜか歯がぐらぐらしていることを訴えた。

「子どもの歯が大人の歯に生《は》え替わってるんだよ。そのうち自然に抜けるから」

そう説明しながらも、錆丸は笑顔になっていくのが止められなかった。

我が子は、成長しているのだ。

ゆさゆさと肩を揺すられ、錆丸は眠りから引き戻された。

水商売の自分にとって、桜が学校に行っている間は大事な睡眠時間だ。誰だ、叩き起こそうとするのは。

うっすら目を開けると、伊織、三月、夏草がこちらを見下ろしていた。

あれ。今朝別れたばっかりなのに、再び兄弟が寝室に大集合してる。

寝ぼけづらで布団から起き上がった錆丸は、彼らを見回した。

「えと、どしたの？」

「錆丸、ガクドウって何？」

三月が言った。

書類を片手に何やら真剣な表情だ。

「桜のクラスのイトウケイタ、年齢に住所、身長体重胸囲、両親の経済状態、勤め先、勤務時間全て調べ上げたのに、イトウケイタが毎日行ってるガクドウが何だか分からない！」

「ガクドウ……ああ、学童か」

錆丸は目覚まし時計に目をやった。午後二時。

ということは、三月は朝定食屋の前で別れてからたった八時間ほどで桜のクラスの「いとうくん」の調査を終えたのか。だがさすがの白の二鎖《にさ》も、学童保育のことは知らなかったようだ。大欠伸《おおあくび》をしながら答えた。

「小学校の授業が終わった後、生徒を預かってくれるところだよ。共働き世帯で近くに祖父母もいないと、子どもが放課後一人っきりになっちゃうでしょ。そういう子を集めて、一緒に宿題やったり遊んだりするところ」

錆丸の子ども時代はあまり聞いたことがなかったが、核家族の共働き世帯が増えるにつれ学童も広がっていった。今はお高い民間学童もあるらしく、小学校が放課後になるまでは無人なので、外から見ただけでは何の施設かよく分からないだろう。

三月と夏草が謎の「ガクドウ」を調べようとしていたところ、女の部屋から出てきた伊織とばったり会った。彼もまたガクドウが何なのかを知らず、こうして三人で睡眠中の錆丸を訪れ尋ねることになったそうだ。

三月は錆丸の布団の上にあぐらをかき、書類を一枚、差し出した。イトウケイタの写真付きタイムスケジュール表らしい。

それを見た錆丸は、少しだけこの子に同情した。

彼は朝ずいぶんと早く登校している。おそらく車で送っている父親の出勤時間の関係だろう。そして放課後は学童、その後はアルバイトのキッズシッターが迎えに来て、自宅で夕食。父親も母親も午後九時近くまで帰ってこない。両親と過ごす時間はほとんど無いはずだ。

錆丸は困惑して三月を見た。

「で、いとうくんのタイムスケジュール調べ上げてどうするの？　脅すの禁止って言ったでしょ」

「桜に害なす奴がどんな顔なのか見ときたいから、接触できるすき間探してんの」

「いやいやいや」

布団の上に正座し直した錆丸は、真顔で三月の肩に両手をかけた。

「接触って結局、脅すつもりでしょ？　駄目だからね、桜のクラスメイトにそんなことしちゃ」

「顔を見たいだけだって。この学童って施設、部外者も入れる？」

今朝まで散々議論したのは何だったのか。桜を精神的に成長させよう、とか何とか三月にしてはまともなことを言ってたくせに、あっという間に伯父馬鹿に逆戻りじゃないか。

だが、どちらにしても。

錆丸は溜め息をつきつつ言った。

「まあ、俺も後で学童行くけどね。桜を迎えに」

「――え？」

驚く三人に、渋々と説明した。

「桜も週に二回だけ学童に通ってるの。最初は仲良しのお友だちが行ってるから自分も行きたいって言い出したからなんだけど、二年生や三年生のお兄さんお姉さんとも遊べて楽しいみたい」

「桜の行くとこにイトウケイタも通ってるって⁉」

三月が布団から腰を浮かせた。

今すぐ学童に行って桜と引き離さねば、という顔だ。落ち着け、と夏草が彼の腕をつかんで座らせ直す。

錆丸は説明した。

「桜がいとうくんにからかわれるのは、小学校でだよ。学童に彼も通ってるなんて、俺も初めて知った」

彼女が学童にいじめっ子も通っていることを錆丸に言わなかったのは、おそらく、そこではちょっかいをかけられることが無いからだ。

学童には六歳児よりもはるかに身体の大きな七歳児から九歳児までがいる。そんな集団に入ればイトウケイタは大人しくなってしまうのだろう。桜は彼を目にも留めず、お友だちや年上の児童たちと仲良くしているらしい。

しかしこれで三月は何が何でも桜のお迎えについてくるだろう。イトウケイタを脅さないまでも、傭兵の全力でガン垂《た》れるぐらいはするはずだ。

これから起こる騒動が予測できて錆丸が深い溜め息をつくと、夏草がボソッと言った。

「大丈夫だ、俺が抑えておく」

その彼の言葉に、三月がお迎えについてくること前提なんだ、とガックリきた。

何度となく三月に注意を繰り返し、成人男子四人、布団の上に座り込んで第三回対六歳児会議のようになっていると、伊織が言った。

「いっそサ、俺たち四人で学童のお迎えに乗り込んじゃどうよ」

「——四人で⁉」

ザッと布団の上に立ち上がった錆丸は、必死に首を振った。

「駄目駄目駄目、三月だけでもヤバいのに、伊織が来たら絶対にろくでもないことになる。子どもだらけのとこに、見るからに色の道の達人ですみたいなの出没したら、最悪警察沙汰《ざた》だから！」

「何でえ、人をエロ病原菌みてえに」

「いや、まんまでしょ」

さらなる厄介《やっかい》が増えそうで錆丸は焦ったが、伊織は平然と言った。

「面倒起こす気はさらさらねえよ。ただ、桜にはこれだけ味方がいるってことを、ガキどもに知らしめておくのもいいんじゃねえかって思ってな」

「案外、悪くないかもな」

夏草までそんなことを言い出したので、錆丸は衝撃を受けた。

「夏草さん⁉」

「強大な軍を持つ国はどこも襲ってこない。争った際のデメリットが予想できるからだ。長引く争いが起きるのは力の拮抗《きっこう》した国同士だ」

小学一年生のいじめの比喩《ひゆ》に軍事力を持ってくるのは驚きだが、まあ言いたいことは分かる。あいつんちのパパやママめっちゃ怖いぞ、という子にはいじめっ子もひるむものだ。

「武力で介入はしない。ほとんどの紛争や戦争は、充分な軍事力があるのを見せつけるだけで事前消滅する。その代わり、よほどの有事《ゆうじ》以外は武力発動しないとの宣言も必要だ」

「う、うーん……」

何だか夏草の言うことが正しい気もしてきた。

兄たちの中で唯一の常識人であり、読書家で料理上手で、平均的な体格ながら武道の達人だ。しかも、錆丸にとって『強くなる方法』を教えてくれた最初の先生でもある。

「……夏草さんが勧めるなら、それもありかなあ」

うなりながら言うと、とたんに三月と伊織からヤジが飛んだ。

「俺たちがお迎え行くくっつってても大反対だったくせに、夏草ちゃんにはすぐ従うんだ？」

「兄差別だねえ、末っ子よ。兄ちゃんは悲しいサ」

「当たり前でしょ。自分たちの普段の言動、考えてよ」

どうしても上二人には当たりがきつくなってしまうが、愛娘《まなむすめ》へのいじめっ子の対処に、取りあえず「武力」を見せつけるのも一つの方法かもしれない。

念のために学童に電話をかけてみた。

「あの、父兄《ふけい》以外の親戚がお迎えについていってもいいですか。児童の父の兄弟なんですが」

『？　パパさんいらっしゃるなら構いませんよ～』

なぜそれをわざわざ聞くのか、と言いたげな返事だった。まあ、親戚だけが迎えに行くというなら多少は警戒するだろうが、児童の父親もこみなのだ。あちらも拒否はしないだろう。

施設によるお迎えゴメン、というわずかな期待も裏切られ、錆丸は覚悟を決めた。

何だか久しぶりに四人集っての姪《めい》っ子のお迎えがお祭り騒ぎになってる感があるが、まあいいか。三月は夏草が見張ってくれると言うし、自分は伊織に目を光らせておくとしよう。

桜を迎えに行く五時までの間に、錆丸は伊織に着流しを着替えるよう頼んだ。

「別にスーツ着ろとは言わないけど、どうみても色街流しの派手な桔梗《ききょう》意匠はやめて、せめて初夏の装いっぽくして。その適当な髪も結い直して」

「あいよ、商家の若旦那《わかだんな》風にでもすりゃいいんだろ」

現代の商売人で着流しの人は少ないだろうが、まあ言いたいことは分かる。それなりに上品で、すっきりして、かつ流行を追った着こなしを目指せばいいのだ。

錆丸は伊織を引っ張って知り合いの素封家《そほうか》で着道楽《きどうらく》の家に急遽《きゅうきょ》駆け込み、あれこれ試させてもらった。あちらはあちらで、もう年で着られなくなった単衣《ひとえ》を着せられると、それは熱心だった。結果、それなりに常識的でおとなしめのスタイルが出来上がる。

「頼むから、学童では大人しくしててね」

「それ言うの何回目かねえ。どれだけ兄ちゃん、信用ねえんだか」

彼は笑っていた。

普段なら絶対に他人の言うままにならないのに大人しく着せ替え人形になったり、三月の憤りを面白がりつつ付き合ってやったり、彼なりにこの騒ぎを楽しんでいるのかもしれない。


いよいよお迎え時間となり、四人は揃って学童へと向かった。

伊織の下駄《げた》の音が、夕暮れの住宅街にからんからんと響く。

午後五時十五分。

この学区の学童はいくつもあるが、桜が通うのは元老人ホームを無理矢理に改造したものだ。法律により老人ホームとしては継続許可が下りなかったが、遊びルームや運動スペースを活用することで学童に転用したらしい。

門番などもなく、小さな運動場に面した門にはシルバー人材センターから送られたボランティアのお爺さんが一人、お迎え組の見送りをしているだけだ。

錆丸は馴染みの彼に笑顔を向けた。

「こんばんは、娘のお迎えに来ました。今日は俺の兄弟も一緒に」

お爺さんは四人を見比べ、目を見開いた。

「兄弟？」

「はい、お世話になっている児童の伯父たちです」

「おじです～」

三月が笑顔で小さく手を振ると、お爺さんは目をぱちくりさせて四人を見回した。どう見ても混血の錆丸、白人の三月、日本人の伊織と日本人に見える夏草を見比べ、混乱しつつも納得したらしい。

「たくさんで来たのね。桜ちゃん、運動場で遊んでるよ」

彼が言うまでもなく、球体のぐるぐる回るジャングルジムからピョンと飛び降りた桜が、夕陽の中こちらに向かって駆けてきた。

「パパ！　いおり！　さんがつ！　なつくさ！」

大興奮の彼女は錆丸に飛びつき、みんなを見回した。

「今日はみんな？　みんなでおむかえ？」

「そうだよ」

「さくら～」

腕を伸ばした三月に抱き上げられ、桜はキャッキャとはしゃぎながら彼の頬にキスをした。さらっとキスを返され、ぎゅうっ、と言いながら彼を抱きしめ、次に隣の伊織に移って同じくキスをする。

「おう、熱いお出迎えだねえ」

伊織からも額にお返しの唇を受け、けらけらと笑った桜は、そのまま彼の腕を踏み台に隣の夏草へとしがみついた。興奮し過ぎて脚をばたばたさせながら彼にキスし、つむじにお返しをされてキャーと歓声をあげる。

最後に錆丸の腕の中へ移動した桜は喜びで顔が真っ赤だった。

「パパ、ちゅー！」

「はい、ちゅー」

お互いに頬にキスをしあい、桜を抱き直した錆丸が運動場を見ると、児童たち全員が遊びの手を止めこちらを見ていた。桜の大騒ぎで注目されたようだ。

何人かの児童が寄ってきた。みんな顔見知りだ。

「桜ちゃんのパパ、この人たちだれー？」

「桜の伯父さんたちだよ。俺の兄弟です」

「ガイジンいるー」

男児の一人が三月を見上げて言った。好奇心丸出しの顔だ。

「そう、ガイジンですよー」

しゃがみ込んだ三月はその男児に目線を合わせ、とろけそうな笑顔で聞いた。

「ところでこのガクドウにいる、イトウ――」

ケイタはどこかな、と聞く前に三月の襟首《えりくび》がグイッと引かれた。夏草だ。

「止《や》めろ」

小声で制止されて三月は口をつぐんだが、笑顔のまま運動場を見回している。

「桜ちゃん、みんなにチューしてた」

ませた顔の年長の女児に言われ、桜は大きくうなずいた。

「うちはご挨拶にちゅーするもん。パパにもお爺ちゃんにもお婆ちゃんにも」

「えー、うちのお父さんとお母さんはしないけどなー」

くねくねしながら言う女児の前に、伊織がスッと膝をついた。

彼女の小さな手を取り、指先にそっと口づけする。

「まあ、ご挨拶ってもんですよ」

艶然《えんぜん》と微笑んだ伊織に、女児は真っ赤になった。急に大人しくなり、もじもじとつま先を摺《す》り合わせている。

「伊織、その辺にしてマジで逮捕される」

錆丸はボソっと言ったが、その頃にはもう、運動場中の児童達がこちらに集まってきていた。

屋内にいた指導員の先生も、何事かと駆け寄ってくる。

「桜ちゃんパパ、この人たちは……」

「すみません、桜の伯父たちです。普段は海外にいるんですが、珍しく四兄弟そろったもので、一緒にお迎えに上がりました。お騒がせしちゃって」

「いえ、それは構いませんが」

年配の指導員はフフッと笑い、四人と桜を見回した。

「かっこいい伯父さんたちですね。桜ちゃん、大好きなのね」

「だいすき！」

運動場に響く声で桜が宣言すると同時に、夏草が指導員に箱をスッと差し出した。

「よろしければこれを」

「？」

彼女が箱を開けると、クッキーのようなものがぎっしり詰まっていた。ナッツ入りで美味《おい》しそうだ。

「ロシア菓子のハルヴァです。皆さんで召し上がって下さい」

「え、あらまあ、ありがとうございます。みんなー、桜ちゃんの伯父さんがお菓子くれたわよ～」

指導員が声をあげると、子供たちが一斉に群がってきた。小さな怪獣のように騒ぎながら、お菓子を貪《むさぼ》り出す。

父の腕から飛び降りてその戦いに参戦する桜を見て、錆丸は呟いた。

「夏草さん、さっきキッチンで何かやってると思ったら、これだったんだ」

「武力を誇示《こじ》すると同時に、懐柔策《かいじゅうさく》も打ち出す。外交の基本だ」

その時、屋内にまだ残っていた子がおずおずと顔を出した。

運動場の騒ぎを何事かと見つめている。

——イトウケイタ。いとうくん、だ。

さっき三月の調査書によって知ったばかりの顔だが、想像していたようなガキ大将ではなく、むしろ弱々しげだ。

錆丸は生き残っていたお菓子を一つ取り、その子に向かってひらひらと振って見せた。

「美味しいよ」

彼はためらいがちに近づいてくると、どこか不安そうに伊織、三月、夏草を見回した。こいつらは誰だ、と思っているようだ。

錆丸は優しく言った。

「僕はアカシ桜の父です。同じクラスのいとうくんだよね？　この人たちは、桜の伯父さんたち。桜と凄く仲良しなんだよ」

武力を誇示。

そして、次は。

「はい、これ。その夏草さんって伯父さんが作ったお菓子。どうぞ」

ちらっと振り返ったが、三月は貼り付いた笑みを浮かべて「いとうくん」を凝視《ぎょうし》していた。

まあ、飛びかからないだけ上出来だとよく見れば、夏草が彼のベルトをしっかりつかんでいる。

さすが狂犬の飼い主と呼ばれるだけのことはある。

お菓子をもそもそと食べるいとうくんを見て、錆丸は予想が当たったことを知った。

この子は忙しい両親のもと孤独で寂しくて、学童でも子供たちの輪に入れない。学校で桜にしつこく絡むのも、構って欲しいからだろう。

さて、桜をからかうのはもう止めてね、と直接言うべきか。

それとも、この武力誇示とお菓子の懐柔だけで留めておくか。

錆丸がそう案じていると、ふいに、伊織が彼の前にしゃがみ込んだ。

笑顔でさらりと言う。

「お兄さん。好きな子には意地悪じゃなくて可愛い可愛いって言うもんだぜ」

とたんにいとうくんは硬直した。お菓子をくわえたまま、まじまじと伊織を見る。

「桜が気になるなら、素直に褒《ほ》めるが吉よ。あの子は真っ直ぐだから、そのまま受け取るサ」

いとうくんはみるみると真っ赤になった。

お菓子を食べる手も止まり、必死に小さく首を振る。

「す、すきじゃない」

「そうかい？　じゃあ好きでもないのにあんまり桜に構うと、周りから好きなんだ好きなんだってはやしたてられるから、ほどほどにしときな」

いとうくんは赤い顔でぷるぷる震えたまま、こくっとうなずいた。

伊織がその頭にポンと手を乗せる。

「いいか。好きな子には可愛いって言う。好きじゃない子には近づかない。分かったな？」

「う、うん」

――お見事。

錆丸は、なるほどこういう諭《さと》し方もあるのかと感心した。直接的に「桜に構うな」というよりよほどスマートだ。

いとうくんは桜が気になるがゆえにしつこくからかってくるのだろうとは予想していたが、さすがに色恋沙汰では伊織の対応は上手い。たとえ六歳児相手といえどだ。

そして、いとうくんが桜に気があることを三月に知られてはならない。この騒がしさで伊織といとうくんの会話は聞こえていないだろうが、桜にボーイフレンド候補が出来たと察知すればさらなる行動に出かねない。

狂乱のお菓子パーティが終わり、錆丸は桜を抱っこして学童を去ることにした。

児童たちが門まで詰めかけ、大きく手を振っている。

「ばいばーい、また来てね、桜ちゃんパパとおじさんたち！」

「お菓子ありがとう！」

女の子が熱心に手を振っているのは、主に伊織と三月の顔のせい、男の子がわーわー叫んでいるのは夏草のお菓子のせいだろう。さすがアカシ家の武力と懐柔策だ。

日が沈み行く中、ゆっくりと家へ歩いた。

あちこちから夕飯の匂いが流れてくる。

桜は誰と手をつなごうかと四人の間を忙しくうろうろしていたが、最もレアキャラの伊織を選んだ時、ふいに言った。

「いおりのママは、パパのママよね？」

「ん？　ああ、桜の婆ちゃんは俺の母親だな」

「どんな人？」

錆丸は今朝、婆ちゃんは伊織だけを愛してパパを愛さなかったよ、と教えた。それについてずっと考えていたようだ。

伊織は懐手《ふところで》から顎《あご》に手をやり、うーん、と呟いた後で答えた。

「ま、一言でいやあロクデナシだな」

「ろくでなし？」

「駄目な人間ってことヨ」

その答えに、錆丸はひっそりと苦笑した。伊織らしい切り捨て方だ。

「いおりは、お婆ちゃんが嫌いだったの？」

「嫌いだったぜ。猫なで声で呼ばれたりしたらゾッとしたもんだ」

「どうして？　お婆ちゃんはいおりが好きだったのよね？」

「あの婆ちゃんはな、錆丸を可愛がらなかった。でも俺は弟の錆丸が大好きだった。だから腹が立ったのサ」

「う、うーん」

複雑な愛憎関係に、桜は少々混乱したようだ。

自分が好きな人に好かれるわけではない。周囲から絶大な愛情を受けて育っている彼女に、それを理解するのはまだ難しいだろう。

桜は三月を見上げた。

「さんがつのママは？」

「俺はねー、パパもママもいないの」

「えっ」

桜は心底驚いた顔だった。

母親だけ、父親だけの子が存在するのは知っていたが、両方いないなんてあるのか。そう思っている様子だ。

「誰が親かも分かんないの。気がついたら鉄砲持って、知らない大人たちと一緒に戦ってた」

戦災孤児から少年兵になった三月の過去は、平和で安全な国で育つ桜にとって想像し得ないものだろう。案の定、首をひねっている。

「パパもママもいない……わからない……」

「分からないでいいよ、桜」

三月は腰をかがめて桜の髪にそっとキスした。

その横顔が穏やかで、錆丸は少しほっとした。

彼が以前、金星特急の旅で錆丸に過去を話してくれた時は、あんなに静かな顔ではなかった。

彼はもう、悲惨な出生も育ちも自分のものとして受け入れているのだ。

桜は最後に夏草を見上げた。

「なつくさのママは？」

そう聞かれた時、彼は一瞬、瞼《まぶた》を閉じた。

静かに目を開き、桜を見る。

「優しい人だった」

「やさしいママなの！」

たぶん、桜が今日周囲の人間に聞いた「ママってどんな人」に対し、初めて返ってきた「優しいママ」という答えだ。彼女はワクワクした顔になった。

「どんな風にやさしかった?」

「……温かいスープを作ってくれて、一緒に寝てくれた。よく歌を歌ってくれた。そして、命がけで俺を助けてくれた」

「いのちがけ、ってなに」

「俺を守って、母は死んだ。今、彼女の骨を探す旅をしているところだ」

夏草が四歳の頃、故郷の村が襲われた。

母親は息子を逃がし、一人で賊と戦おうとした。

夏草は今、幼い頃に殲滅《せんめつ》されたその村がどこだったのか、母親の遺骨はまだあるのか、調べて回っているそうだ。少しずつ範囲が狭められてきたと、この前言っていた。

「なつくさのママも、もういないのね」

桜は少ししょんぼりしてしまった。誰かのママには会えるかと思っていたらしい。

すると夏草は静かな声で言った。

「俺たちにはもう母はいない。父もいない。父親がいるのはこの中で桜、お前だけだ」

錆丸はハッと息を飲んだ。

そう言えば今まであまり気にしたことはなかったが、伊織と錆丸の父親は遊郭《ゆうかく》の客だったとしか知れず、三月も知らない。夏草も生まれた時から父親はいなかったそうだから、確かにこの中で父親がはっきりしているのは桜だけだ。

夏草はわずかに微笑み、桜を見下ろした。

「お前には愛してくれる父親がいる。それだけでどれほど幸せなことか」

「――うん！」

桜は盛大な笑顔で応えた。

ママのことを聞いて回った今日、彼女が知ったのは、父親のいる幸せ。

「パパ大好きよ。このぐらぐらになった歯、触っていいよ！」

彼女は父親にサービスをさせた後、伊織、三月、夏草にも順に下の前歯を触らせた。

全員が、夕陽の中で笑っていた。


桜の笑顔を見た錆丸は、ふと思った。

いつか、金星特急に乗って旅をした時のことを彼女に話せたら。

パパは子供の頃にママに出会って一目惚れして、大きくなってからプロポーズの旅に出たんだよ。それを優しい物語として、娘に伝えられたら。

東京から上海《シャンハイ》、真臘《しんろう》、吐蕃《とばん》、月氏のいる草原、イスタンブール、グラナダ。とんでもない大冒険だった。あの国々の写真を集め、桜にお話をしてあげよう。ママがどれほど桜を愛していたか、教えてあげよう。

地球儀を買ってこよう。そしていつか桜と、お話の中で冒険の旅にでよう。

花を追う旅

カウンターバーの片隅に白い花を飾る。

今日はプルメリアという品種で、ハワイのレイにも使われるものらしい。出入り業者が添えていた説明書きにそうあった。

「よし」

花瓶の位置を客席側から確認し、アカシ錆丸《さびまる》は満足してうなずいた。丁寧に掃除された店内を見回す。

ここは錆丸の城であるバーだ。

同業者ひしめく横浜の街で、何とか六年、続けてこられた。明治時代に建てられた理容院を改装し、半分はそのまま両親の経営する理容店、半分は錆丸のバーとなっている。

努力の甲斐《かい》あって常連客もつき、最近では内装のレトロさが評判を呼び観光客も増えた。横浜ガイドブックの片隅に小さく紹介されたのが功を奏したらしく、カップルや女性客グループが物珍しげな顔で訪れてくれる。

錆丸は開店前の点検をして回り、最後に壁の位置からカウンターの花を眺めてみた。バーのカウンターに置くには可憐《かれん》すぎるが、全体的には浮いて見えない。

店に花を飾るようになったのは最近のことだ。

常連客である花屋にどうしてもと頼まれ、最初は無料でいいからと定期お届けコースに判子を押すはめになったのだ。しょっちゅう店に来てくれる人なのでむげにも出来なかったが、普通、こうしたバーに生花を飾ることは少ない。無料お試しコースが終わったら、香りが強い花だと料理の邪魔になって、などと適当に理由をつけて断ろうと思っていた。

だが、七歳になる娘の桜《さくら》が喜んだ。

最初に飾ったのはガーベラで、南国の陽気な鳥みたいな色合いがこの店にはそぐわないな、と錆丸は感じたのだが、学校から帰ってきた桜が一目見るなりピョンと跳び上がった。そして可愛い可愛いと大はしゃぎしたのだ。

そう言えば、両親も自分も家に花を飾るという習慣がなかった。母は綺麗好きだが花に興味の無い人で、理容店の前に並べた多肉《たにく》植物やシダを世話している程度だ。そして父も錆丸も花に対しては無頓着《むとんちゃく》だ。

桜もそれまで家に花を飾りたいと言い出したことはなかった。

男親と祖父母だけで育てているので、彼女が「女の子らしいこと」から遠ざからないよう気をつけてきたつもりだ。洋服も文房具もアニメも女児向けの流行には常に目を配っていたし、それまで男性客ばかり扱ってきた父も目を細めながら、孫娘の髪を可愛く結《ゆ》ってくれる。

だが、花にまでは気が回らなかった。

ガーベラひとつであんなに喜んでいるとは、もしかして今まで遠慮して言い出せなかったのだろうか、と少し不安になった。

身体も心も急激に成長していく娘はこの頃、錆丸には内緒の話も増えてきた。以前は思ったこと感じたことをそのまま口にしていたのに、二年生になった辺りから「お父さんにだけする話」「お爺《じい》ちゃんにだけする話」「お婆《ばあ》ちゃんにだけする話」を使い分けだしたのだ。おそらく、「お友達にしかしない話」もあるのだろう。

娘が喜ぶならと、錆丸はバーへの生花定期お届けコースを継続することにした。店の雰囲気にそぐわなければ隣の理容店や、階上にある自分たちの住居空間に持って行けばいいだけだ。

桜は学校から帰ってくると、毎日、嬉しそうに花の世話をしている。錆丸に教えられた通りに水を替え、しおれてきた花びらや葉っぱをちぎり、そして「今日もきれいですね」「今日はかわいいですね」とご挨拶《あいさつ》する。まだ語彙《ごい》が少ないので花への褒《ほ》め言葉も綺麗か可愛いか、しかないのだが、彼女なりの感性で使い分けているようだ。

だが、この白くて愛らしいプルメリアという花に桜が挨拶することはない。

彼女は今、夏休みの旅に出ている。

遥か遠く、彼女が生まれ、彼女の母が死んだ地を目指してだ。

この世のどこでもないあの不思議な場所に行くことはもう二度と出来ないから、正確にはその近くまでなのだが、頼りになる引率者二人に任せてある。きっと桜も楽しんでいることだろう。

そして八月も半《なか》ばを過ぎた今日から、錆丸も二週間の夏休みだ。世界のあちこちに寄り道して、世話になった人たちを訪れながら、いずれ桜と合流する予定だ。店を立ち上げてから働きづめだった錆丸の、初めての長期休暇となる。

店の点検を終えた錆丸は、住居に上がってスーツに着替えた。この商売だとほとんど着ることはないが、今日からはこれが旅装《りょそう》だ。

両親にも盆休みの北海道旅行をプレゼントしたし、しばらく住居は無人になる。火の元と戸締まりを二重にチェックして、ブレーカーも落とす。

トランクを片手にバーに戻ってくると、カウンターで勝手に酒を飲んでいる男がいた。

「伊織《いおり》」

一番上の兄、伊織だった。

いつものように着流し姿に下駄履《げたば》きの彼は、紙巻き煙草をくわえた唇の端をニッと上げた。

「スーツなんて持ってたのかい。初めて見たぜ」

「桜の授業参観とか行くしね。っていうか、俺の旅立つ日を伊織が覚えてるなんて思わなかった」

風来坊《ふうらいぼう》の根無し草、どこにいるやら連絡もつかないことが多い伊織なのに、まさか錆丸が成田へ向かう直前に見送りに来るとは。

彼は煙草で焦《こ》げそうになった前髪をかき上げ、無駄な色気を振りまきつつ言った。

「お前も夏休み取るんだろ。その間ぐれえ、店に入ってやろうかと思ってな」

「えっ」

まさか見送りに来たのではなく、留守中のバーを手伝ってくれるつもりなのか。一体どういう風の吹き回しだ。

錆丸は困惑しつつ答えた。

「俺が留守の間はプロのバーテンダーを頼んであるよ。そろそろ来てくれるはずだし、その人で充分回せると思うけど……」

「何でえ、俺がいたんじゃ不安ってツラだな」

「当たり前でしょ」

誰もが振り返る美貌《びぼう》と適当な性格のせいか、伊織はまごう事なきトラブルメーカーだ。以前はロシアンマフィアのボスの一人娘に手を出して大騒ぎになったし、男と女とオカマさんの三人が伊織を取り合って伊勢佐木町《いせざきちょう》の路上でキャットファイトし、警察を呼ばれたこともある。

彼と電話で話した時、俺が留守の間に店に顔を出したらお客さんの話し相手にでもなってやって、とは軽く言っておいたが、まさか接客に回るつもりで初日からやって来るとは。

錆丸は腕を組み、うーんと天井をにらんだ。

彼が起こすであろうトラブルの種類と、彼の美貌に釣られて来る客の数を天秤《てんびん》にかけ、オーナーとして必死に考える。

そして、名案を思いついた。

「じゃあ、伊織。カウンターの中じゃなくて、外で接客して」

「あ?」

「その白い花の席に座って、フラッと一人飲みに来た客のふりで、他のお客さんと話してやって」

「あくまでも俺をカウンターに入れねえつもりだな」

「何かトラブルが起こっても、店側の人間じゃなくて客の一人がやったことです、って言い張れるでしょ」

「ただ花の前に座ってるだけっつうのもなあ。弟の店を手伝ってる気になんねえよ」

「それで充分、ほとんどの女性客と一定の男性客の気は引けます。どの酒でも飲んでいいし、雇《やと》われバーテンダーさんに好きな料理注文していいから。ちゃんと調理師免許持ってる、上手な人だよ」

「まあ、酒飲んでるだけでいいっつうんなら」

多少不満そうではあったものの、タダ酒に釣られてか伊織は了承した。

カウンターの隅に座り直し、プルメリアの花に顔を寄せる。

「ひっそり咲いて枯れる花もありゃあ、女の髪を飾る花もある。お前は飲み屋で客引きの手伝いサ」

伏せた睫毛《まつげ》の彼にそう話しかけられたとたん、さっきまで可憐に思えたプルメリアが妙に隠《いん》微《び》なものに見えて来た。この花を女性客との会話のきっかけにする伊織の姿が目に浮かび、再び不安がわき起こる。

まあ手伝いたいという気持ちは本当のようだし、カウンターの花をやらせることにしよう。

伊織が勝手に開けたボトルから酒を注《つ》ぎながら言った。

「そういや、三月《さんがつ》が拗《す》ねてるって？」

「あー……」

それも頭痛の種だが、今は目の前の兄の方が恐ろしい。

「じゃあ、俺はもう成田に行くから。ほんと、ほんっと、騒ぎ起こさないでよね」

そう言い残すと、トランクを持った錆丸は扉に向かった。店を出る直前、ちらりと振り返る。

着流しの伊織が脚を組み替え、裾《すそ》が流れてふくらはぎが剝《む》き出しになっている。彼は錆丸の視線に気づくとニヤッと笑い、白い花を一つ、自分の耳に飾った。

いつもの自分の店なのに、伊織がいるだけで一気にいかがわしさが増している。

「行ってらっしゃい」

煙草を挟んだ手がひらりと振られ、錆丸はため息と共に答えた。

「……行ってきます、兄ちゃん」

大草原を目の前に、錆丸は途方にくれていた。

日本から中国の内陸部で乗り継ぎ、中央アジアのだだっ広い国について十数時間。さらに列車で草原の中へ中へ、と移動してきたのだが、降り立った駅には何も無い。

駅名を示す看板と、トタン屋根の駅舎、昼寝する痩《や》せた犬、それだけだ。

「参ったな」

思わず独り言を呟いてしまった。

目指しているのは月氏《げっし》の幕営地《ばくえいち》なのだが、車掌によるとこの駅が最も近いとのことだった。じゃあそこから車で移動すればいいと考え、安易に降り立ってしまったのが運の尽き。レンタカーどころか、普通の売店さえない。そもそも人がいない。

次の列車を待って少し大きな街に移った方がいいとは思うが、この国は時刻表通りに列車は来ない。下手すると一日中、待ちぼうけを食らうことさえあるらしい。

まあ駅があるからには近くに住む人もいるだろうと、錆丸はトランク片手に草原を歩き出した。水脈に沿って咲く赤い花を見つけたので、それに従えば誰かには会えるだろう。

靴の下に感じる草の感触が懐かしい。

青々とした草が波のように揺れる大地と、驚くほどに広い青空、爽《さわ》やかな空気に混じる花の香り。横浜の都会で、ビルに囲まれて暮らす自分の身体から様々なものが浄化《じょうか》されていくようだ。

ふと、遠くどこからか小さな音が聞こえてきた。

錆丸は辺りを見回した。あれは知っている。――馬の蹄《ひづめ》の音だ。

太陽の方角から馬が二頭、走ってくる。人が乗っているのは一頭だけで、もう一頭は無人だ。小さく点にしか見えなかった彼らだが、素晴らしいスピードで錆丸に駆け寄ってくると、やがて目の前で止まった。

見知らぬ遊牧民の男が錆丸を見下ろし、不審そうに言う。

「お前は誰の客だ。クロムか。ラコフか」

彼はスーツ姿にトランクを提《さ》げた錆丸を警戒しているようだ。まあ自分でも、こんな姿でだだっ広い草原をテクテク歩いていたら異様だよな、とは思う。

「あ、俺は月氏の幕営地を目指してて」

「月氏⁉」

彼は酷《ひど》く驚いた顔で、しばらく口を開けたままだった。錆丸を上から下までじろじろ見回す。

「そのなりで傭兵《ようへい》になりたいのか？　今年の羊追い祭はもう終わったぞ」

「傭兵希望じゃありません、友人に会いに行くんです」

「友人って」

再びあんぐりと口を開けた男は、呆れたように首を振った。

「駄目駄目、下手に奴らの幕営地に近づいたら侵入者と見なされて殺されるぞ。あんたが友人だと思ってても、あっちはそうとは思ってないさ」

彼は近くに天幕を張る遊牧民で、あの駅に誰か降り立つと迎えの馬を連れて見に行くそうだ。

こんな僻地《へきち》をわざわざ訪れるのは近くに住む誰かの客で間違いがないかららしい。

「だが、まさか月氏に向かうつもりとはなあ。悪いこと言わんから本当に止《や》めとけ。あそこは娘っ子でさえ恐ろしく容赦《ようしゃ》ない」

「うーん、でも約束してて」

「誰とだ、その月氏の名を言ってみろ」

「鎖《くさり》様ですよ、トップの」

「鎖様の名前なら誰でも知ってる」

彼はひどく疑わしそうだった。おそらく錆丸を無鉄砲なジャーナリストか何かと思っているのだろう。

「あ、じゃあ無名《むみょう》さんは知ってます？　彼も今、幕営地にいるはず」

すると男は目を丸くした。

「無名？　あんたカナートの知り合いか？」

「カナートって無名さんの本名かな？　赤鎖《せきさ》の二鎖《にさ》の無名さんだったら、俺の友人です」

そう言えば無名は遊牧民の出身だった。この辺りに知り合いがいてもおかしくない。

「髪は薄茶色、後ろで一つに結んでて、そばかすがあって、帯に一族の刺繍《ししゅう》が入ってるでしょ。あと射撃がすんごく上手い」

錆丸の詳しい描写に、男はようやく信用する気になったらしい。馬を下り、笑顔を見せる。

「カナートの死んだ爺さんの五番目の妹が俺の叔父の妻の三番目の弟に嫁《とつ》いだんだよ。俺の親戚だ」

その遠い遠い関係を親戚と呼んでいいのかどうか錆丸には分からなかったが、彼はたいそう自慢げだった。馬の腹帯に施《ほどこ》された刺繍を撫でながら続ける。

「俺たちの部族から赤の二鎖が出るなんてなあ。最初は月氏に入るなんてと眉をしかめてた爺さん婆さんたちも大喜びさ」

彼の口ぶりからするに、この辺りの部族にとって月氏は恐ろしく近寄りがたいもの、だが一種の憧《あこが》れでもあるのだろう。

「どれ、近くまで送ってやろう」

彼にうながされ、錆丸ももう一頭の馬に乗ることになった。

八年ぶりの乗馬、しかもあの時は二人乗りだったが、一人で上手く乗れるだろうか。

（あの頃より馬が小さく見える）

チビだった自分にはひどく大きく思えた馬だが、今見るとそうでもない。それに、桜と行った牧場にいたサラブレッドよりも、この辺りの馬は小型のようだ。

木の鞍《くら》にまたがり、男の教えに従って手綱《たづな》を引いた。よく調教された馬なので、乗っていれば勝手に進んでくれるという。

男は道すがらずっと無名の自慢をしていた。彼は大学の学費を稼《かせ》ぐために傭兵になったという変わり種らしく、強いだけでなく頭もいいんだ、と褒《ほ》めている。

やがて、懐かしい月氏の天幕が見えて来た。

中央に黒、赤、白の旗を掲《かか》げた大きな天幕があり、その周りに数十もの天幕。草の上では傭兵達が思い思いに、武器の手入れをしたり、食事をとったりしている。

「じゃあ、俺はこれで。カナートによろしくな」

案内してくれた男が馬の鼻先を反転させたので、錆丸は慌てて言った。

「あの、俺が乗ってるこの馬はどうすれば」

「貸しといてやるよ、この辺りじゃ馬がなきゃ何も出来ん。用が終わったら放《はな》ってくれれば、勝手に俺の天幕に帰ってくる」

男は上機嫌だったが、一刻も早く月氏の幕営地から離れたそうでもあった。一人さっさと駆け去っていく。

錆丸が馬を進めていくと、天幕の周囲にいた傭兵達がじっとこちらを見た。

これ見よがしに狙撃銃を肩に担《かつ》いで見せたり、ナイフをくるくると回したりしている。傭兵達は黒鎖《こくさ》、赤鎖《せきさ》、白鎖《はくさ》という三つのグループに分かれているが、物騒《ぶっそう》なツラで錆丸を凝視《ぎょうし》してくるのは案の定、最も容赦《ようしゃ》ないと言われる黒鎖が多い。

さすがに緊張したが、誰も手を出してこようとはしなかった。錆丸が鎖様の客であることは、すでに知れ渡っているのだろう。

(八年前とだいぶメンツが変わってるみたいだな)

傭兵業は引き抜きも多ければ、怪我で続けられなくなったり死亡することもよくある。しかも羊追い祭という試験で弱いメンバーは脱落させられるので、錆丸に見覚えの無い顔が多くて当然だろう。

だが、よく覚えている顔もあった。

中央の天幕の前にそびえ立つ筋骨隆々《きんこつりゅうりゅう》の巨体の男、ヴォルドだ。彼は月氏に所属する傭兵ではないが、足の悪い鎖様の「乗り物」として常に行動を共にしている。

ヴォルドは錆丸を見ると、小さくうなずいた。入れ、という合図らしい。

鮮《あざ》やかな刺繍のほどこされたフェルトの扉をめくり、錆丸は中に顔を突っ込んだ。

「お久しぶりです、鎖様」

「わしの想像より五分、早かったな」

ストーブの前、彫刻された椅子に座っているのは小柄な女性だ。

月氏を国と呼ぶなら、彼女が元首である鎖様だ。もう五十代半ばのはずなのに骨董人形《ビスクドール》そのままの外見で、久々に聞いた声にも衰《おとろ》えは感じられない。相変わらずの化け物だ。

「俺が馬で送られるの、分かってたの？」

「お前が日本を出る前から予想がついとったわ。あの駅の近くに天幕を張っている部族なら把《は》握《あく》しておるしな」

そしてやはり、この鋭さにも変わりはない。自分がどうあがいてもかなわない相手だ。

彼女は煙管《きせる》の先で絨毯《じゅうたん》を指した。

「まあ座れ。長旅疲れただろう、ちょうど茶も入った」

日差しを遮《さえぎ》る天幕の下、淹《い》れ立ての紅茶を飲むとほっと一息ついた。忘れていたが、この辺りは乾燥した地帯なのだ。いつの間にか喉《のど》がカラカラになっていたらしい。

遠い外国から取り寄せたというチョコレートもかじり、お茶のお代わりをすると、錆丸はようやく口を開いた。

「今日、鎖様を訪ねたのは渡したいものがあるからなんだ」

「ほう？」

彼女は興味深そうに笑った。煙管で、コン、とストーブの縁を叩く。

「二週間しか休みが無いというのにわざわざこんな僻地までやって来るには、何か理由があるとは思っていたがな」

「そう。貴女《あなた》に直接、この月氏の天幕で渡したかった」

錆丸はトランクから一冊の日記帳を取り出した。受け取った鎖様が不審そうにパラパラとめくる。

「何だこれは。お前の日記か？」

「桜の成長記録だよ」

「――」

顔を上げた鎖様は、じっと錆丸の目を見つめた。こちらの思惑を測《はか》りかねているのだろうが、この紫がかった不思議な瞳で凝視されると、脳内をのぞき込まれているような気がしてくる。

「ただの成長記録じゃなくて、俺が少しでも『普通の子とは違うかも』って思ったことを全部書き記《しる》してる。身体も、発した言葉も、全て。コピーとって、俺の家の金庫にも入れてある」

「ふむ」

煙管を一口吸った彼女は、錆丸から目をそらさないまま言った。

「金星《きんせい》の娘である桜にも不可思議な力があるのではないかと、お前が危惧《きぐ》しているのは知っている。それを記録にしたのか」

「取り越し苦労だと思いたいんだけどね、金星はこの子に苦労をさせないため、普通の人間に産んでくれたと信じたい。でも、用心しすぎることはないよね」

「万が一、『力』が発動した時の対策として記録を取っておく、それは分かる。だが、何故それをわしに見せる？」

　鎖様が桜へのプレゼントとして大量の宝石を贈ってきたのは二年前だった。

　あまりにも高額なのでさすがに返そうとしたのだが、鎖様は「いらないなら捨てろ」と電話越しに笑った。これは、万が一にも桜が女神の娘として目覚めた場合の投資なのだと。

「わしは、桜の力が覚醒すれば利用しようと企んでいる悪者だぞ。それなのに、実の父親から手の内を見せてくるだと？」

　この二年、錆丸はずっと鎖様について思ってきた。凄腕《すごうで》の傭兵達から畏敬《いけい》の念を抱かれる、恐ろしく頭の切れる女性。彼女がもし桜を手に入れたがったら、自分たちは必死の戦いをしなければ守り切るのは難しいだろう。

「だから、俺も鎖様に投資することにしたんだよ」

「何？」

「桜を欲しがる勢力がいくつも現れたとする。俺はもちろん、全力で守る。だけど万が一奪われるとしたら、鎖様が一番いいと思うんだ」

「ほう」

　少しだけ身を乗り出した彼女は、錆丸に顔を近づけた。髪飾りの細い鎖が、しゃらっと音を立てる。

「お前はわしがそんなに甘い人間だと考えているのか。幼い娘に非道《ひどう》なことはするまいと？」

「ううん、恐ろしい人だと思ってるよ。でも鎖様は俺の知る中で最も賢く、洞察力に優《すぐ》れている。そんな人が桜という宝石の原石《げんせき》をむざむざ痛めつけるはずはない」

「なるほどな。だが、桜に苦痛を与えれば開花する能力だった場合はどうする？　わしは容赦《ようしゃ》なく桜を拷問《ごうもん》するかもしれんぞ」

錆丸は小さく唇を噛《か》んだ。それもすでにシミュレーション済みだ。

「金星の……桜の母親の力は、『恋心』に連動していた。俺を英雄にするためだけに金星特急を暴走させ、嫉妬で女の子を樹に変えた」

「だから桜が能力を引き継いでいたとしても、苦痛を与えて発動するたぐいのものではない、と予想しているのだな」

「そう願う」

恋は人に至上の幸福も絶望も与えることが出来る。

錆丸はじっと自分の手のひらを見た。

八年前、この手に握った剣で最愛の女の子を殺した。

それは彼女が望んだ結末ではあったけれど、錆丸は慟哭《どうこく》し、彼女の名を呼び、どうしてこんなことをさせたのかと恨みもした。

だが金星は錆丸にたった一つの宝物を残してくれた。桜を守るためにならどれだけ予防線を張っても足りないぐらいだ。

「年頃になった桜に、わしが若い男をけしかけたらどうする。巧《たく》みに操《あやつ》って恋に落とさせ、わしの言いなりになるよう仕向けたら」

「桜に近づく男なんかみんな三月に射殺されかねないから、止《や》めといた方がいいよ」

ため息交じりに言うと、鎖様は面白そうに笑った。

「あいつの伯父馬鹿は健在か。白鎖の間でも、二鎖の様子がおかしいと評判だがな」

「健在どころか、伯父馬鹿が加速してるよ……」

二人が顔を見合わせて苦笑した、その時だった。

突然、天幕の外から赤ん坊の泣き声が聞こえてきた。実に盛大で、声を限りに泣き叫んでいるようだ。

錆丸がその方角を振り返ると、鎖様が楽しそうに言う。

「おお、日課が始まったな」

「あれは、もしかして」

「そうだ、行ってやれ。もう、わしへの用は済んだだろう」

「そうだね」

いそいそと立ち上がった錆丸はスーツを整え、トランクを持ち、天幕を出る前に鎖様を振り返った。

「俺は桜のことは全力で守る。だけどもし桜を利用しようとする敵が現れるなら鎖様が一番マシ、だからその情報が詰まった日記帳を貴女に『投資』する。これでいいね？」
「それでもお前、手の内を見せすぎじゃないかのう。敵候補のわしに」

「どうせ俺が隠し持ってるぐらいの情報、鎖様は全てお見通しでしょ。だったら今のうちにゴマをすっておいて、いざというときはお手柔らかに頼みたいんだ」

錆丸はポケットから一枚の絵を取り出し、彼女に差し出した。

桜が描いた、桜の絵だ。

贈り物をくれた恩人にお礼の絵を送ろうね、と言ったら、彼女は考えたあげくに桜を描いた。自分で出来る限りの縁《ふち》取り飾りをつけ、「ありがとう」との言葉も添えて。

まあ、実にあざとい。

鎖様のような女性にとって、鼻で笑いたくなるような代物《しろもの》ではあろう。だが、あえて錆丸はこれを持ってきた。

完璧な角度で煙管を構えた鎖様がうっすら微笑んだ。

「どうせわしを、敵対勢力同士のつぶし合いに利用しようとでも思っとるんだろ」

それには錆丸も笑顔で答える。

「そんなことないよー。じゃ、また！」

ひらりと手を振って中央天幕を出た錆丸は、いくつも並ぶ他の天幕を見回した。

響き渡る赤ん坊の泣き声に他の傭兵達は我関せずで、特に気にする様子も無い。顔をしかめている黒鎖の男などもいたが、赤鎖からギロリとにらまれ顔をそらしている。

それはそうだろう。何せあの赤ん坊の両親が両親だ、血の気《け》の多い傭兵といえど、絶対に文句は言えない。

赤ん坊の泣き声を頼りに天幕を探し歩き、錆丸は見覚えのある紋様《もんよう》のものを見つけた。確かにあそこから聞こえてくる。

「無名さん、入るね」

声をかけてから入り口のフェルトをめくり、中に顔を入れた。

赤子を抱いた無名が、げっそりした顔でこちらを見上げる。

「錆丸」

「やー、参ってるね」

八年前に泊まった二鎖三人の天幕は、酷《ひど》い有様だった。

銃や弾薬、ナイフが転がっているのは以前のままだが、その間には乳瓶《にゅうびん》や、ベビーフード、オムツが散乱し、洗っていない大人用の食器も山積みになっている。

錆丸は無名の横にそっと座り、赤ん坊の顔をのぞき込んだ。

「男の子だよね。三ヵ月かー、顔立ちはっきりしてる」

「そうかな」

「うん、やっぱり無名さんの子だと思うよ」

三ヵ月前、錆丸のバーに大ニュースが舞い込んできた。

赤の一鎖《いっさ》である雷鳥《らいちょう》がいきなり出産し、「たぶん無名の子」だと言い出したのだ。

お腹があまり目立たなかった彼女は誰にも言わず普通に仕事を続け、臨月《りんげつ》だけ南の島に「バカンス」へ行って一人出産、そして新生児を連れて月氏の幕営地に戻って来たそうだ。

彼女の妊娠に気づいていたのは鎖様だけだったらしく、月氏は大騒ぎになった。

もちろん最もパニックに陥《おちい》ったのは父親を名指しされた無名で、「だったら何で先に教えてくれないんですか！」と雷鳥に訴えたらしい。

だが彼女はケロッとした顔で、生まれる子の顔を見るまで誰が父親か確信が持てなかったから、と答えた。


——不思議と、生まれた瞬間に分かるもんなんだよねー。くっしゃくしゃの猿《さる》みたいな赤ん坊なのに、こりゃー無名の血だわーって思ったもん。


豪快に笑う雷鳥の横で、無名はがっくりと地面に膝をついたらしい。

思い返せば予兆はあったそうだ。雷鳥が少し太ったように思えたこと、いつもなら真っ先に飛び込む危険な任務地を避けるようになったこと、煙草の煙が充満した天幕も嫌うようになったこと、などなど。それまでは興味のなかった草原マーモットの肉もやたら欲しがるようにな

り、命じられた無名が何匹か狩ってくれば、塩を振って焼いて皮ごと猛然《もうぜん》と食らいついていた。

彼女が妊娠を隠し通したのは、敵に狙われるのを避けるためだ。さすがに普段よりは動きも鈍《にぶ》るし、食事に妙なものを混ぜられても危ない。無事に生まれるまでは誰にも言うまいと決めたが、医師の資格を持つ鎖様にだけは気づかれてしまった。だが、黙秘《もくひ》を貫《つらぬ》いてくれたそうだ。

雷鳥は産後一ヵ月で傭兵業に復帰して戦場に出かけ、父親候補の無名がその世話をしているらしい。赤ん坊を渡す時の言葉は、「じゃ、よろしく」の一言だった。

赤ん坊は声を限りに泣き続け、無名が揺すってもあやしても無駄だ。余計に泣き声は大きくなるばかりで、小さな手をむずかるように動かしている。

「ミルクは？」

「あげた」

「オムツは？」

「大丈夫だった」

「うーん、ちょっと抱かせてもらってもいい？」

すると、無名がハッとしたように顔を上げた。まじまじと錆丸を見る。

「……そうか、お前も赤ん坊を一から育てた父親だったな」

「桜が新生児の頃もほんっと大変だったからね。気持ちは分かるよ」

無名の顔にわずかな希望の灯《ひ》が点《とも》った。この延々と続く泣き声から救ってくれるならと、藁《わら》にもすがりたい様子だ。兄弟の多い彼は子供の扱いには慣れているが、さすがに新生児は荷が重いだろう。

渡された赤ん坊は、伝統的衣装の布で何重にもくるまれていた。寒暖差の激しい乾燥地だからこその、生活の知恵だろう。

「はいはい、脱《ぬ》ぎ脱ぎしようねー」

ささっと服と布オムツを脱がせ、錆丸は赤ん坊のお尻回りをチェックしてみた。確かに大も小もしていないが、脚の付け根がわずかにオムツかぶれしている。幸い、まだ大したことはないようだ。

「無名さん、この子、お尻がかぶれちゃったんだよ。たぶんそれで気持ち悪くて泣いてる」

「かぶれ？」

「蒸れちゃったんだろうね。日本は高温多湿だからさ、オムツのムレ対策ってすごーく大事なの。実際、気をつけててもかぶれちゃう子多いんだよね」

無名はぽかんとした顔をしていた。オムツかぶれなど、思ってもいなかったらしい。

「でもこの辺りすっごく乾燥してるし、赤ちゃんもそんなにムレないんだろうね。だから無名さんが知らなかったとしても無理はないけど」

以前テレビで観たある地方の遊牧民は、赤ん坊がオシッコやウンチで泣けば桶《おけ》の水で軽く股《また》を洗ってさっと拭《ぬぐ》い、裸のまましばらく転がしていた。乾燥した空気が一瞬で水気を奪《うば》い、サラサラに乾いたお尻にまたオムツを当てれば終了、だ。

あれならお尻ふきによる摩擦《まさつ》も心配ないし、かぶれる心配も少ない。外出時に大量のベビー用品を持ち歩かなければいけなかった錆丸は、羨《うらや》ましく思ったものだ。

ぼそぼそと無名が言う。

「昨日は……珍しく草原に雨が降って……」

「ああ、それで少し湿気っぽいのか。でもこれぐらいなら、ちょっと油塗っておけば治るよ」

手渡された馬油《バーユ》の瓶からほんの少しだけすくい取り、赤くなったところに塗ってやった。再びオムツをして、はい完了、だ。

それまで泣きじゃくっていた赤ん坊も、錆丸が軽く揺すっているうちに大人しくなってきた。しばらくはぐずっていたが、やがて眠りについてしまう。

その小さな顔をのぞき込んだ無名が言う。

「錆丸、お前凄《すご》いな」

「俺も最初はなーんも出来なくて、桜が泣くたびにわたわたしてたよ。俺の両親も子育て経験無いし、三人で右往左往するばっかりで。誰だって最初はそんなもんだって」

なるべく軽い調子で慰《なぐさ》めたが、無名の声はどんどん暗くなっていった。

「さっきオムツ見たのに、俺は赤くなってるのにも気づかなかったし……雷鳥様が抱けば笑うのに、俺だとすぐ泣くし……」

——あ、駄目だこの人、追い詰められてる。

目の下のくまも目立つし、髪にいつものツヤが無い。

周囲は傭兵ばかり、信用して預けられる相手もいないだろう。

そして、さっき案内してくれた男の様子では、無名は子供が出来たことを実家に報告していないようだ。実家が知っていれば部族中に噂は広まっているだろうし、あの男だって「カナートがあの有名な赤鎖の雷鳥に子を産ませた」と大いに自慢したはずだ。

実家も頼れず、経験もほとんど無いのに一人で子育て。元から生真面目《きまじめ》なたちだし、完璧に世話できない自分を恥じ、どんどんやつれていくばかりだろう。

「無名さん、今から寝なよ」

「え」

「寝不足だとマイナス思考に陥るばかりだよ。赤ちゃんは俺が見てるからさ、好きなだけ眠りな」

「……でも」

「いいから、いいから」

無名をベッドに押し込んだ錆丸は、おんぶ紐《ひも》で赤ん坊を背負った。幸い、ぐっすり眠ってくれているようだ。

錆丸が積み重なった食器を整理しているうちに、無名もうとうとしてきたようだ。瞬《まばた》きの回数が多くなってくる。

「そうだ無名さん、寝る前に一つ。聞き忘れてたけど、この子の名前は？」

「ユナート。亡くなった俺の祖父の名だ」

「いい名前だね」

無名が眠りにつくのを確認し、錆丸はユナートを背負って外に出た。溜まっていた食器を水場に運び、鼻歌交じりに洗う。それが終わればオムツの洗濯だ。これがなかなかの重労働で、錆丸が使っていた使い捨ての紙オムツがいかに楽だったかを今さら実感する。

周りの傭兵達は奇異なものを見る目をしていたが、気にせずに作業を続けた。ユナートがぐずりだしたので抱っこしてあやしていると、赤鎖の若い男が数人、近づいてくる。

「あんた、二鎖の友達だって？」

「そうだよ。無名さんなら今、天幕でぐっすり寝てるよ」

彼らは顔を見合わせた。戸惑いながらも更に尋ねてくる。

「赤ん坊の世話をしに来たのか？」

「赤ちゃんの顔を見たかったのは本当だけどね、俺がこの子を面倒見てるのは、無名さんが疲れ切ってるからだよ」

「確かに疲れてるみたいだな。その赤ん坊ずっと泣いてるし」

「だからさ」

錆丸はユナートを軽く揺すりながらニッコリ笑った。

「君たちも、無名さんを助けてあげてくれないかな？　赤鎖ってみんな一鎖と二鎖を凄く慕《した》ってたでしょ。その二人の子供なんだから」

するとと彼らは目を見交わした。困ったような顔だ。

「だけど俺たちに赤ん坊の世話なんか出来ない」

「もしさせるなら、赤鎖の女にやらせろ。下位の鎖に何人か若いのもいるから」

「いやいやいや」

錆丸は思わず手を振ってさえぎってしまった。男に赤ん坊の世話は出来ない、女の仕事、国や世代で多少の差はあれ、そう信じているものは多い。だが、ここは意識を変えてもらわないと。

「赤鎖の女の人だって独身がほとんどだろうし、いきなり赤ん坊押しつけられても困るって。君たちから率先《そっせん》して無名さんを手伝ったら、みんな協力するようになるだろうし」

「でも――」

「はいはい、君たちに赤ん坊の世話は出来ないんだよね。確かにミルクあげたりオムツ替えたりは難しいと思うよ。でも、無名さんのお世話なら出来るでしょ」

「……二鎖の？」

「一番助かるのは買い物かなー。紙オムツの方が楽だし、もし無名さんが布オムツにこだわらないって言うなら街に大量仕入れに行った方がいいよ。あ、ミルクにベビーフードはもちろん、着替えももっとあった方がいい。最新型だと機能的だからね」

「……」

「あとは料理、洗濯だよね。赤ちゃんの分じゃなくて無名さんのね。何か栄養のつくもの食べさせてあげて、無名さんの服だけでも自分たちが洗濯するタイミングで一緒にやったげて」

後はこれと、これと、と錆丸が指を折っていると、一人が不安そうに言った。

「二鎖、そんなに疲れてるのか?」

「このままじゃ、いずれぶっ倒れる」

錆丸は力強く頷いた。少々大げさではあるが、これぐらい脅《おど》した方がいいだろう。

「普通、赤の二鎖の命令ならみんな喜んで何でもやるじゃん。でもあの人、自分の子供のことで部下をこき使うなんて出来ないんだよ。生真面目だから一人で頑張って頑張って、今もの凄く追い詰められてる状態」

彼らは再び顔を見合わせ、二鎖の天幕を振り返った。そんなに酷《ひど》いのかと、ようやく心配し始めた様子だ。

「頼むね。無名さん、自分からは言い出せないだろうから、君たちが気をつけてあげて。じゃ、俺は今から天幕の掃除して、無名さんのご飯作るね」

それだけを言い置くと、錆丸は彼らをおいてさっさと天幕に戻った。

無名は死んだように眠っていたが、さっきよりいくぶん顔色はいいようだ。彼のベッドの横に木馬《もくば》みたいな揺りかごがあったので、そこにユナートを寝かせる。

軽く掃除をし、食材の棚を勝手にあさって羊肉のシチューも作った。夏草《なつくさ》に教わったこの地方の伝統料理で、香辛料は控《ひか》えめにしておいた。

夜になると無名は目を覚まし、綺麗にされた天幕と湯気の上がる鍋をベッドの上からぼんやりと見つめた。

そして言葉少なにシチューを食べ、錆丸に勧《すす》められてシャワーを浴びに行く。さすがに月氏は金を持っているだけあり、この水の貴重な草原にシャワー室、洗濯室を備えたトレーラーを持ち込んでいるのだ。

さっぱりして戻って来た無名は、すやすや眠るユナートの顔をしばらく眺めていたが、やがて自分もまたベッドで寝てしまった。よほど疲れていたのだろう。

錆丸も夏草のベッドを借りて眠ることにした。最も清潔だったからだ。一度だけユナートが夜泣きしたが、外であやしているとすぐに泣き止《や》んだ。

幼子を抱きながら見上げた夜空は、天を覆《おお》い尽くす星の海だ。天《あま》の川《がわ》がくっきりと見え、銀河の果てまで見渡せそうだ。

八年前の羊追い祭で、あの星空の下で何度も絶望しそうになった。必死に戦い、旅を続け、今こうして他人の子を腕に感慨深く見上げているなんて。人生、不思議なものだ。

翌朝、ベッドから起き上がった無名はボーッとしていたが、突然キリッと顔を引き締め、髪を結い始めた。

「今から実家に行ってくる」

「ユナートを連れて？」

「ああ。小さい弟か妹のうち誰かを、しばらく子守に借りる」

一晩ゆっくり寝て、ようやく脳味噌がちゃんと回るようになってきたらしい。いつもの彼の表情だ。

「今まで実家に黙ってたのは、俺の子だと確信が持てるまで待ちたかったからだ。ぬか喜びさせたくなかった」

「大丈夫だよ、顔立ちが似てるもん。それにさ、雷鳥様は生まれてから無名さんの子だって確信したって言ったそうだけど、多分違うと思うよ」

身支度を整えていた無名の手が止まった。無言でゆっくりと錆丸を見る。

「身体が資本の傭兵なんだし、今までは妊娠したくなかったのかもしれない。でも、無名さんの子なら産んでもいいなーと思ったのかも。あの軽いノリでさ」

破天荒《はてんこう》で豪放磊落《ごうほうらいらく》、無名を散々振り回してきた彼女だが、彼への絶対的な信頼は有り余るほど見て取れた。上司と部下という関係ではあったが、やがてそれがゆっくりと男女の情へと変質していったのだろう。

再び身支度を始めた無名は、軽くため息をついた。

「産後一ヵ月で俺に赤ん坊を押しつけて現場復帰した人だけどな」

「まあ、それも雷鳥様らしいっつうか……でもそうなりゃ無名さんは実家を頼らざるを得ないでしょ」

「だから?」

「無名さんが実家を頼るでしょ。あっちは孫フィーバーになるでしょ。雷鳥様も無名の実家を訪れるでしょ、そしたら彼女にも大家族が出来る」

「――」

考えもしなかった。無名はそんな表情だった。虚《きょ》を突かれたまま黙り込んでいる。

「雷鳥様って代々傭兵稼業《かぎょう》だったんだよね。それも凄いことだけど、定着した土地に大人数で暮らした経験は無いと思うんだ」

遊牧民出身の男と子をなして、お互いの天幕を馬で訪ね合う。そろそろそんな暮らしをしてもいいと、雷鳥は思ったのかもしれない。

無名は苦笑した。ユナートを揺りかごから抱き上げながら言う。

「あの人らしいな。愛だ恋だと言われるより分かりやすい」

その彼に、錆丸は小さな花束を差し出した。昨夜《ゆうべ》、夜泣きで外に出ている間に摘《つ》んで、少し乾燥させていたものだ。

無名は怪訝《けげん》そうな顔になった。

「マルカ草？　何でこれを」

「赤ちゃんの安眠に効くハーブらしいよ。鎖様に聞いた」

戸惑ったような彼に、小さな黄色い花束をぐいっと押しつける。

「この辺りじゃ傷薬に使うんだって？　でも西洋の方じゃ、赤ちゃんの枕元に置く花として見直されてるらしい」

彼は少しうつむいたまま、黄色い花を眺めていた。ありがとう、と呟いたその顔からは、色んな迷いが払拭《ふっしょく》されているようだった。

錆丸も笑顔で立ち上がった。

「じゃ、無名さんが出ると同時に俺も出発するよ」

「もうか？　昨日来たばっかりなのに」

「俺の夏休み二週間しかないのに、訪ねるとこがまだまだあって。次はロシア」

「ああ」

彼はクスッと笑った。失笑、という表情だ。

「三月がえらく拗ねてるんだって？」

「そうなんだよー、ほんとにもう……いくつになっても子供なんだからさ」

二人は天幕の前で、じゃあ、と簡単な別れを告げた。

育児ノイローゼから解放された無名は馬で実家へ向かい、錆丸はジープで駅を目指すことになった。次は、白夜《びゃくや》の地だ。

ロシアへ向かう乗り継ぎの空港で、錆丸は欧州からの輸入チョコレートを買った。最も有名かつ高価なブランドだ。まあ外れなしのお土産と言っていいだろう。

ついで、中東でよく食べられるバクラヴァ。ナッツやアーモンドを練り込んだ生地を焼き上げ、シロップをたっぷりかけたお菓子だ。この辺はイスラム教徒も多いので売っているのだろうが、錆丸には脳天を直撃するような甘さだ。だが、これを大好きな男がいる。

さらに、横浜からわざわざトランクに入れて空輸したあんパン。近所の老夫婦の店で売っている何てことはないあんパンなのだが、これに蜂蜜《はちみつ》をたっぷりかけて食う男がいるのだ。

「こんだけありゃ、どれかは当たるかな」

飛行機の中ではぐっすりと眠り、数時間のフライトを終えるともう、ロシアの極北部にある空港だった。政府の威光《いこう》を示すため作られたものらしいが、田舎には不自然なほど大きな建物はすでに古びており、妙にみすぼらしい印象を受ける。

——だが、空は淡く美しい。

空港の外に出た錆丸が深呼吸をしていると、目の前に幌《ほろ》を畳《たた》んだジープが止まった。

運転席には夏草、助手席には三月。いつもの月氏の服ではなく、ごく普通の若者らしい格好だ。

「錆丸」

夏草が言った。軽く顎《あご》を上げて後部座席を示す。

「乗れ」

「お迎えありがと、夏草さん」

いつも通りの無表情に、妙にホッとする。そう久しぶりに会ったわけでもないのだが、彼の淡々とした声にはどこか人を安心させるものがあるのだ。

対して三月の方はと言えば、サングラスをかけたままシートに後頭部を預け、ムスッと唇を引き結んで目をつぶっている。まあ、しばらくは放っておくことにしよう。

錆丸が後部座席に乗り込むと、ジープは出発した。軍用ではなく、最近よく見かける家庭用のアウトドア車だ。

「遠いの?」

「かなり」

短く答えた夏草は、肩越しに後ろを指さした。錆丸がのぞき込めば、水と食料、燃料の缶などがトランクに積んである。

そして傭兵の必需品である武器。彼らが身につけているであろう拳銃以外に、サブマシンガンや弾薬などがシートで覆い隠されている。

白の一鎖、二鎖である彼らが常に武器と共にあることは錆丸も承知している。だが、夏草と三月がこの地を訪れている理由は任務ではなかったはずだ。だから一般車に乗っているのだろうに、一体、なぜ。

「戦闘があるの？」

「念のためだ」

夏草はそれ以上、説明しようとしなかった。普段ならペラペラ無駄にしゃべる役目の三月がストライキ中だし、無口な夏草をここで質問攻めにするより、まずは目的地を目指そう。

空港から離れるとすぐ、建物はほとんど見えなくなった。たまに現れる街はどれも小さく、村と呼んでもいいほどだ。初めて訪れる土地だが、遠くにつらなる山々と、その裾野《すその》に広がる広大な森が見える。空も木々も全て淡い色合いで、パステル画みたいな風景だ。

——ここが、夏草の生まれた土地か。

ミントとローズマリーとセージの混じった匂いがする。他に嗅《か》ぎ慣れない清涼感のある香りは、延々と続く白樺《しらかば》だろうか。

穴だらけの国道をしばらく進んだ。

真夏とはいえ日差しは淡く、気温も低い。ジープは幌を開けたまま走り、途中、農家らしきおばちゃんがやっているスタンドで手作りのジュースを買って飲んだ。スグリとブルーベリーを混ぜたものだそうで、いかにもビタミンが取れます、みたいな味をしている。

カラフルな頭巾《ずきん》とエプロンのおばちゃんに、いつもなら三月が軽口でも投げかけるのだろうが、その小休憩でも無言だ。

ドライブを再開してから、錆丸はようやく助手席の三月に声をかけた。

「えとねー、お土産。これフェライニのヘーゼルナッツ入り」

空港で買ったチョコレートを助手席に投げ込む。ついで、バクラヴァの箱も背後から差し出す。

「これ、三月がこの前アホみたいに食べてたクソ甘いあれ」

凄く美味しいから、とアカシ家に差し入れてくれたのだが、甘すぎて誰もが一口でギブアップしたものだ。これはシロップが多いので一応、放り投げるのは勘弁してやった。

だが最後の近所のパン屋のあんパンは遠慮無く投げ入れた。業務用スーパーで買ってきた安い蜂蜜ボトルもだ。

「はい、三月が好きなこれも。賞味期限ギリギリだから真っ先に食べて」

「……」

一切の反応は無かったが、錆丸は軽く肩をすくめて続けた。

「もー拗ねるの止めてとか言わないから、せめて第二段階の『甘いもんで機嫌取ろうとするの止めて』だけは止めてね。どっちにしろ拗ねてんだから面倒くさいんだよ、こっちは」

それから十分ほど、三月は動かなかった。

シートに身を預けたまま、サングラス越しに天をにらむばかりだ。

やがて運転席の夏草がボソッと言った。

「三月。そのチョコを一粒よこせ」

「……」

三月はわずかに身じろぎした。それでも返事をせず、顔を微妙に外へと向ける。

夏草がもう一度、平坦な声で言った。

「三月」

「……」

「そのチョコの包みを解《と》いて、一粒選んで、俺の手のひらに載せろ」

「……」

「俺が要求するのはここまでだ。後は知らん」

それから車内は無言になった。

微妙な緊張感をはらんだドライブがしばらく続く。錆丸はさっきのスタンドで買った干し杏《あんず》をモグモグ食べながら、後部座席から二人の兄を見守っていた。さて、どちらが動くのが先か。

ふいに、ジープを砂埃《すなぼこり》が襲った。

近くの工事現場から突風で吹き飛ばされてきたようで、フルオープンになったジープはもろに被害を受ける。

錆丸はとっさに目を守り、口の中に砂が入ってしまったらしい三月はペッと唾《つば》を吐いた。

そして夏草は小さく咳《せき》をした。

気管に砂を吸い込んでしまったのか、その咳がなかなかおさまらない。

背後から錆丸がペットボトルを差し出したが、彼は手で制し、自分で水を飲んだ。それでも小さな咳が続く。

しばらく咳《せ》き込みながら彼は運転を続け、かぶった砂埃を手で払い、やっと落ち着いた。車内に沈黙が戻ってくる。

それから数分後のことだった。

三月がもそもそとチョコレートの包みを解き、ナッツの載った一粒を隣の夏草にそっと差し出す。

ハンドルを握ったままの彼がそれを口に入れると、ようやくこの小さな攻防は終わった。それまで真上ばかり見上げていた三月の頭がごろんと動き、真正面を向く。

「錆丸」

面白がって見物していた錆丸に、夏草が言った。

「こいつは拗ねてるんじゃなくて、本当に落ち込んでいるだけだから、少し手柔らかにしてやれ。ただでさえ動きが鈍ってる」

「あー……」

三月が地の底まで落ち込んでいる理由。

それは言わずもがな、桜だ。

狂犬の名を欲しいままにしている三月だが、小さな姪《めい》っ子が出来ると、すっかり参ってしまった。仕事の合間をぬっては日本を訪れ、何かと構うようになったのだ。幸《さち》薄い人生を送ってきた彼が、それを取り戻すかのように、盲目的に愛を注《そそ》いでいると言っていい。

桜の方も「おじさん」の三月が大好きだ。

美味《おい》しいご飯を作ってくれる夏草も、たまにフラッと現れる着流しレアキャラ伊織も好きだけど、会うなり破顔一笑《はがんいっしょう》して桜を抱っこしてくれる三月はやっぱり特別らしい。

顔だけはよく、また伊織と違ってちゃんと一般人を装《よそお》えるので、幼稚園に三月がお迎えに行くと桜はまわりの女の子やママさん達にひどくうらやましがられていたのだ。

なのに、その三月が最近どうしてもかなわない相手がいる。

――ユースタスだ。

「三月、桜が『ゆすたすちゃん』好きなのは、女の人だからなんだよ。他と比べようがないの、大人の女の人と手をつないで歩くことが嬉しいんだから」

残酷だがこれは本当だ。

桜は最近、自分に母親がいないことの意味をちゃんと考えるようになった。

幼い頃は死別というものを完全に理解してはおらず、「お空にいるよ」「遠い国にいるよ」「いつかきっと会えるよ」がまだ通じていた。

だが小学校に入り、自分の家庭環境がしっかり分かるようになると、色々と疑問も出てくる。

どの友達も、両親が揃っているのが「ふつう」だ。

たまに「りこん」で父親と一緒に暮らしていない子もいるけど、「存在しない」なんて子は少ない。まれにいても、「親の顔も知らない」子もいない。

——どうしてうちは、ママの写真さえないの？

——いつか会えるなんてウソだって、友だちが言ってたよ？

君のママは女神で、消滅してしまったんだ。世界中を騒がせたあの写真さえもう残っていない。

そう説明することは出来ないので、桜のママは桜を産んだ後、外国の戦争で命を落としたことになっている。その際に写真も何もかも焼けてしまったので、残っていない。

だが、桜はそれにも疑問が出てきたようだ。

外国ってどこ？　戦争って何？　ママはいつ、死んだの？

小さな頭は疑問と悲しみと母への欲求で爆発しそうだった。

五月のある日、桜は学校から泣いて帰ってきた。

母の日には似顔絵を描いて、赤いカーネーションを贈りましょう。あ、桜ちゃんのところはお母さんがいないのね。では、これよ。

教師はそう言って白いカーネーションを渡した。

それは色紙《いろがみ》で作った模造品ではあったけれど、「他の子と違う」ことを示すステッカーのようなものだった。

アカシ四兄弟で飲んでいた時に錆丸がその出来事を話すと、三月が不思議そうに言った。

――隠さずに全部教えればいいじゃん。桜のお母さんは女神で、命がけで桜を産んだんだよって。

ただ漠然と「死んだ」と聞かされるから余計に辛《つら》い、きちんと真実を伝えた方がいい。それが彼の意見だった。

まだ七歳だし理解出来るかと錆丸が疑問を呈《てい》すと、今度は夏草が言った。

――あの子は低学年だが、図書館では中学年向けの本に手を伸ばす。時には絵の綺麗な高学年向けにも。内容が多少難しくても、綺麗な絵を添えてやれば理解出来るんじゃないか。

段々と、それもいいのではないかと思えてきた。

金星特急の旅をいつか桜に聞かせたいとは思っていた。彼女が恋をするような年齢になったら、自分が金星にプロポーズした時のことを教えてあげたかった。

だが父親と母親の恋の話を聞くのに、ふさわしい年齢などないのかもしれない。桜が今知りたいと言うのなら、今聞かせるべきだろう。レジナルド・ヒューズの書いた小説本はまだ難しすぎるだろうから、錆丸なりにかみ砕《くだ》いて、簡単に、子供向けに、世界各地の写真も添えて。

すると今度は伊織が提案した。


——どうせなら、あの旅で訪れた場所に直接連れてっちゃどうかい。まずは上海《シャンハイ》に行って、暁《シャオ》 玲《リン》さんに会わせてサ。


それはとても良い考えに思えた。

あの旅で錆丸は様々な人と出会い、助けられ、時には敵対した。武器を手に取り殺し合いをさせられたことさえある。

その辺りはマイルドに変換し、もう少し柔らかな物語として桜に伝えられたら。錆丸は一生ものの出会いをいくつも経験し、未だに何人もと家族づきあいをしている。この「おじさん」

達もその一人であることを彼女にも教えたい。

桜に金星特急の旅を再現させる計画は盛り上がり、三月は、イスタンブールで桜に美味しいもん食べさせよう、と浮き浮きしていた。

男四人で飲み明かした翌朝、錆丸はさっそく桜に尋ねてみた。


——桜。夏休みに外国に旅行したくない？

パパがママにプロポーズするために旅した道筋をなるべくそのまま辿《たど》って、その時の大冒険を話してあげる。まずは上海ってとこに行って、暁玲さんって人に会うよ。

桜がまだ一歳の頃、暁玲はわざわざ横浜を訪れてくれた。彼女にその記憶は無いだろうと思っていたが、桜は大喜びした。


——しゃおりんちゃん知ってる、会ってみたい！　ゆすたすちゃんがお姫様って言ってたよ。

桜が暁玲を認識しているとは意外だったが、どうもユースタスから話を聞いていたらしい。

ユースタスの長い金髪が大好きな桜がどうしたらこうなるのと尋ねたら、上海の暁玲というお姫様に髪の手入れ方法を教わったから、と答えたそうだ。以来、桜は上海のお姫様に憧《あこが》れていた。

　そして、爆弾発言をした。

　――しゃおりんちゃんに会うなら、ゆすたすちゃんと一緒がいい。


　つまり上海への旅へはユースタスを同行させろ、と言っているのだ。

　自分が連れて行く気満々だった三月は愕然《がくぜん》とした。だが桜はどうしてもユースタスがいいと言う。

　考えて見れば、金星特急の旅を再現させるなら確かに、三月と夏草ではなくユースタスと砂《さ》鉄《てつ》チームに上海に連れて行ってもらった方がいいのだ。

　あの旅は大きく三つのパートに分かれている。

　まだ何の力も知恵も無かった錆丸が金星特急に乗り込み、砂鉄とユースタスに守られながら上海、真臘《しんろう》、吐蕃《とばん》を経《へ》てアルベルトも加わり、月氏の幕営地に辿り着いた第一部。

　そして夏草と三月という先生に鍛《きた》えられながら乗り遅れた金星特急を追いかけ、イスタンブール、北アフリカの砂漠、グラナダを目指した第二部。

　そこからは月氏の傭兵たちに伊織、暁玲、王女様、小さな言語学者、飛び入りジャーナリストまでアルハンブラ宮殿に大集合してのフィナーレ、第三部。

順番通りに物語を語ろうとするなら、砂鉄ユースタスと一緒に上海から、だ。夏草三月コンビの登場は、大草原の月氏幕営地からとなる。

夏草と伊織は「まあそうだろうな」と賛成したし、ユースタスに桜の旅への同行を頼んでもきっと引き受けてもらえるだろう。

だが、今回の旅の言い出しっぺでもある三月は桜に拒否されたことで非常なショックを受けた。

狂犬、頭ヤバい、切れたら終わり、などと月氏で恐れられてきた男が哀れなほどに萎《しぼ》み、尻尾の毛ひとすじピクリとも動かせない有様だ。

小学二年の夏休み、桜の旅は砂鉄とユースタスによる金星特急を辿る前半戦～グラナダと決まった時、錆丸は三月をまあまあとなだめた。

今回の旅が無事に終われば、次は夏草と三月コンビの出番だ。来年か再来年《さらいねん》かにはなるだろうが、イスタンブールで桜に美味しいものを食べさせるという夢も実現できる。

それでも三月は言葉も発せないまま、ふらーりと月氏の仕事へと戻っていった。あれでちゃんと機能するのかと心配になったほどだ。

それからずっと凹《へこ》みっぱなし、こうして錆丸がわざわざロシアまで二人を追いかけて来て、三月の好きな甘いものを各種与えても反応なし、というわけだ。

だが、さすが夏草は彼の相棒だ。

チョコレートを一粒よこせ、というだけの小さなやりとりで、三月には動きが生じた。ようやく自分ものろのろと、チョコを口に放り込んでいる。

彼の脳味噌に糖分が補給されたタイミングを見計らい、錆丸は説明した。

「三月。桜がゆすたすちゃんと一緒にいたがるのはね、通りすがりの人から『ママ』だと思ってもらえるからだよ」

これは幼稚園の年長のころ、父親として気づいたことだ。

以前は桜にとって、ユースタスは「大好きなお姉ちゃん」だった。

だが彼女と桜が一緒に歩いていれば、人は当然のように母子として扱う。混血である桜と金髪のユースタスを見比べ、みな「日本人のパパと西洋人のママから生まれた娘なのだな」と思い込むのだ。

最初、桜は「ママじゃないよ、お友だちだよ」と他人に説明していたようだ。だがあまりに頻繁《ひんぱん》に間違われるうちに段々と、本当にそうだったらいいな、と思うようになったらしい。

——わたしにも、ママがいる。

わたしは、「ふつう」のこ。

ごく一般的な母子として扱われることが、桜は嬉しかった。幼稚園へのお迎えにも来て欲しいと頼んだらしいが、桜の通う園は登録された家族以外の送迎は禁止されている。だったら、お友達の誰もがママと一緒に行っている児童館や公園に行って欲しい。そう言ったそうだ。

ユースタスからそれを聞いた時、錆丸は複雑だった。

桜の気持ちはよく理解できる。だが、どんなに辛《つら》くともそれが事実ではないと、彼女に分からせる必要がある。

「だから俺ね、今回の桜の旅にユースタスと砂鉄の同行を頼んだんだよ」

どうせなら夏休みをめいっぱい使い、上海だけではなく真臘、吐蕃なども訪れてもらい、最終的にはグラナダで錆丸と合流しよう。そんな計画を立てたのは、単に桜に錆丸の冒険を再現させたかったからではない。

ユースタスは桜のママじゃない、それを認識させたかった。

「面白いもんでさー、桜とユースタスだけだと他人はみーんな母子だと思うのね。でもそこに砂鉄が加わると、とたんに『この人たち、何……？』ってなるらしい」

錆丸が苦笑しながら言うと、ようやく三月が言葉を発した。

「そうなの？」

「砂鉄とユースタスがカップルなのは間違いない。でもこの黒ずくめで隻眼《せきがん》の物騒《ぶっそう》な男と、お気に入りのリボンの七歳の女の子が親子だとは、みんなどうしても思えないわけ」

三月が桜を映画館にでも連れて行けば、他人は確実に親子だと思う。ああ、西洋人のパパと日本人のママの子なのね、と見られるわけだ。

夏草と桜が二人きりでも、若いパパか年の離れたお兄さんだと思われる。

ちなみに、常にいかがわしいオーラを発している伊織が桜を抱っこして街を歩いたりしようものなら、すかさず通報されるだろう。

「今回の旅でさ、ユースタスは桜のママにはなれないってこと、桜が分かってくれたらなあって思って。だから俺、小学二年生の子を一ヵ月も二人に預けたんだよ」

ユースタスはやっぱり、お友達の優しいお姉ちゃん。

旅の終わり頃にはじんわりと、桜にもそれを理解して欲しい。

でないと錆丸は、命がけで桜を産んだ本当の母親に申し訳が立たない。

「なるほどな」

納得したように呟いた夏草に、錆丸は後部座席からいたずらっぽく言った。

「ちなみに金星特急の旅第二弾ではもちろん、桜の引率は夏草さんと三月に頼む予定だけどさ、ゲイカップルと養子だと思われないよう気をつけて」

とたんに急ブレーキがかけられて夏草が咳き込みだし、三月は助手席で大笑いを始めた。ひーひーと腹を抱えて笑っている。

「いや、アメリカの映画とかドラマでよく見るよね、そういう家族。確か男同士のカップルだと女の子しか養子にとれないんじゃなかったっけ」

「錆丸、止《や》めろ」

夏草にしては珍しくドスのきいた声で言ったかと思うと、よろよろと運転席を降りた。助手席側に回り、三月を乱暴に引っ張り出す。

「運転代われ。いつまで笑ってる」

「……え…っ、いやホント…っ……ははっ、ごめん」

まだ笑いの発作が治まらない三月は涙目を指でぬぐい、チョコを口に放り込むと車をスタートさせた。

よかった、三月の機嫌が直ったようだ。代わりに夏草にはえらいダメージを与えてしまったようで、助手席でぐったりしているけれど。

車は国道を進み、開けた土地へと入ってきた。

だだっ広い草原、いや荒野だろうか。ところどころに樹木の群生地帯があるだけで、空も何だか薄曇《うすぐも》りになってきた。そして、吹き付ける風が異様に冷たい。

「何か寒い」

錆丸が自分の身体を両腕で抱くと、夏草が風上を見ながら言った。

「北極海からの風だ」

北極海、という言葉に驚いたが、考えてみればロシア北部はみんな面しているのだ。

「防寒具は用意してある。もう少しだ」

やがて車は寒村《かんそん》に到着した。

簡素な木造の家が数十軒建ち並ぶだけで、あまり人気《ひとけ》も無い。

「ここは半定住のトナカイ遊牧民の村だ。夏はみんな、もっと東で天幕を張っている」

夏草の説明を受け、錆丸は物珍しげに村を見回した。道理で人がいないわけだ。

だが煙の上がっていた唯一の家から、老人が一人出てきた。夏草を見て微笑む。

「ヤラ・イリィ」

素朴な笑顔は日本人そっくりなのに、目の色は淡い青だ。彼は夏草をやんわり抱きしめる挨《あい》拶《さつ》をした。

「ヤラ・イリィが夏草さんの本名？」

隣の三月を見上げると、彼はうっすら微笑んだ。

「そうだよ。鷲《わし》の月、三月生まれって意味だって」

それには少し驚いた。つまり夏草は、自分の本名をそのまま三月に与えたのか。

老人は小屋からトナカイを二頭引いてきて、ハンヌと呼ばれる夏用のソリにつないでくれた。すでにたくさんの荷物が積まれている。

初めて間近で見るトナカイの巨大な角《つの》に興味津々の錆丸をよそに、夏草と三月はジープから荷物を移し替えた。それまで布で隠していた武器類は、剝《む》き出しのまま放り出される。

「行くぞ」

ソリは東に向けて出発した。

村を出るとすぐに広々とした荒野になった。凍原《ツンドラ》というそうで、真夏でも地下は凍っているそうだ。生えるのは短い草や苔《こけ》ぐらいらしく、トナカイ遊牧民はそれを求めて移動しているらしい。

風はびょうびょうと冷たかったが、夏草に渡された防寒具のおかげでそれほど辛くない。トナカイの毛皮で出来たもので、縁取りにだけ色鮮やかな刺繍が施《ほどこ》されている。

三人とも似たような服を着ていたが、やはり夏草が一番似合うような気がした。ソリの手綱を引く彼の後ろ姿を眺めてそう思う。

二頭のトナカイは従順に走り続け、やがて三人を乗せたソリは灌木《かんぼく》がまばらに生える地帯に入った。ここから森が始まるようだ。

ソリが止まった。

夏草が振り返る。

「ここが、俺の村だったところだ」

ソリを降りた錆丸は、木がぽつぽつと生える何も無い場所を見渡した。

ここが、バベルの一族であった彼の部族が純国普《じゅんこくふ》によって皆殺しにされた場所。

「何年も……何年も探してやっと見つけた。四歳だった俺のかすかな記憶と、後はエミリー・サンズ博士が協力してくれた」

言語学者の彼女は民俗学にも明るく、夏草が属するサモエード諸族の語族を根気よく調べてくれたそうだ。どんな服を着ていたのか、何を食べていたのか、覚えている風景で緯度経度は測れないか。夏草は候補となった地を訪れては一つずつ潰していき、今年、ようやく自分の故郷を見つけた。さっきの老人は近隣の部族だったが、随分と調査に協力してくれたらしい。

「決め手となったのは、犬の骨だ」

「犬？」

「俺の村が襲われた時、母は俺を牧犬の背にくくりつけて逃がした。途中で死んでしまったが、俺はその死体を引きずって木のうろに隠れた」

犬の死体と共に何日もそこに潜《ひそ》んでいた夏草は、木の形だけははっきり覚えていた。

「見覚えのある木のうろの中に、あの犬の骨があった」

ここが自分の村だと確信した夏草は、付近を少しずつ掘り返した。凍土《とうど》なので苦労したが、いくつもの人骨が見つかったそうだ。

「今日、俺はここに墓を建てる」

彼は錆丸と三月を真《ま》っ直《す》ぐ見た。

「サンズ博士によれば、この辺りは自然崇拝《すうはい》の宗教らしい。なるべくそれに沿った形の墓を作りたい」

「手伝えて嬉しいよ」

錆丸は笑顔で言った。心から、そう思った。

夏草を手伝い、まず宿泊用のテントを立てた。

円錐形《えんすいけい》になるよう木を組んでトナカイの毛皮をかぶせたもので、草原の国の天幕とは全く違う。内部にも毛皮を敷けば完成で、中に入るとホッとするほど温かい。

それから少し開けた場所に、木と石とトナカイの骨を組み合わせた小さな塔を建てた。この下にはすでに夏草が人々の骨を埋《う》め直しているらしい。

だが三月だけは、その作業の間ずっと武器を手に周囲を警戒していた。

「純国普がまたやって来ないか、見張ってるんだね」

「そうだ。俺は周囲の部族に、今日、ここに墓を建てると広めてきた」

バベルの一族を殺して回っていた純国普。

今は昔ほどの力も無く、彼らが殺した言語も少しずつ復活しつつある。夏草が使っていた言葉はもう取り返せないだろうが、ここにお前達の虐殺《ぎゃくさつ》の証《あか》しを残してやる、と宣戦布告してきたわけだ。

「墓が壊されたら、何度でもまた建てる。骨は地中深いから取り出せないだろう」

完成した墓の前に、干したトナカイ肉と魚を供《そな》え、酒を振りかければ供養《くよう》になるらしい。

全てが淡色の、どこか物寂しい風景。ひっそり芽吹いた若草の中、白く小さな花が揺れる。

これがこの地方の「夏草」だろう。夏草は空を見上げた。

「母の魂が、オーロラの向こうの国にあればいいと願う」

彼の声は静かだった。

錆丸も目を閉じ、彼らの冥福《めいふく》を祈った。

だが、目を開けてから、ふと気づいた。

――三月の横顔。

どこか遠くを見るような目だ。

警戒中のはずなのに背後の森には目をやらず、はるか地平と空が交わる辺りを見つめている。

あの顔は、寂しい、だ。

過酷な育ちの戦災孤児だった三月は、同じような境遇の夏草と相棒になり、少しだけ安定した。

だが相棒は長年捜し求めていた故郷を今、見つけてしまった。母の供養もすることが出来た。

それだけじゃない、彼が溺愛《できあい》する桜もだ。

母親の顔さえ知らない、それが彼と桜の共通点でもあった。だが今、彼女は母親の消えた地に向かって旅している。一種の墓参りだ。

母親のことを何一つ知らない三月とは、あまりにも差が大きい。

(これは、俺じゃ駄目だな)

拗ねたりふてくされたりだったら錆丸でも対処できるが、三月の人格を成す根本的な要素、「どこにもいない幻の母親」に関してだけはどうしようもない。

それから白夜《びゃくや》が訪れた。

いつまでも明るく、まるで夜という感じがしない。なのに不思議と辺りは静まり返り、風もぴたりと止《や》んだ。パステル色の空を横切るのは白鳥らしい。

もう警戒を解いてもいいということで、三人はテントの中で食事を取った。トナカイ肉と苔《こけ》桃《もも》の煮込みだそうで、初めて食べる不思議な味だが、錆丸は気に入った。

三月はずっと口数が少なかった。

相棒の長年の望みがかなったことを、本当はもっと喜びたい。でも寂しさはどうしても消えない。そんな顔だ。

ふいに、夏草が言った。

「三月。お前も故郷を探すか」

三月は小さく目を見張った。

「え？」

「記憶をたどって故郷を探すんだ。覚えている風景を片っ端から描きだし、人々の服装や食事、教会の飾り、そんなものから地域を特定していく。サンズ博士が教えてくれたことだ」

「無理だよ」

少しだけ辛そうに、三月は眉を寄せた。自分のカップに目を落とす。

「俺、気がついた時は反革命軍のゲリラ兵だったんだよ？　あちこち移動してるし」

「それでも、拠点はある。お前の話していた小規模なグループなら、そう戦線を動くこともない。月氏のツテで、当時の武器流通のルートを調べるのも不可能じゃないだろう」

「……でも、俺はどこかの焼け落ちた村から拾われた、ってことしか分からない。そんな村、いくつあるか」

その声は固かった。かたくなにカップから目を上げようとしない。完全に諦めきっていたことを提案され、戸惑っているかのようだ。

うつむく三月を、夏草はじっと見つめていた。やがて言う。

「俺は、その赤毛がヒントになると思う」

「……俺の、髪？」

三月はようやく顔を上げた。夏草がうなずく。

「この前調べたが、天然の赤毛は全世界でも2％しかいないそうだ。東欧のあの辺りならもっと少ないだろう」

「赤毛の人見つけては、俺の親戚ですかって聞いて回るの？　いくら何でも」

「ＤＮＡ鑑定が使える」

「――」

意外な言葉に三月は言葉を失っていたが、錆丸も驚いた。犯罪者の特定に使うものだとばかり思っていたが、まさか故郷を探すのにも役立つのだろうか。

「当時の反革命軍の戦況を詳しく調べ、大体の地域を特定する。武器ルートからグループも絞《しぼ》り込む。お前の記憶にある風景と照らし合わせ、候補の村を絞っていく。そして近隣に赤毛の人々がいれば、ＤＮＡ鑑定させてもらってお前と比べてみる」

夏草の声はよどみなかった。

おそらく彼は、ずっと三月の故郷を探す方法を考えていた。そうでないと、いきなりＤＮＡ鑑定なんて言葉は出てこないだろう。

「ＤＮＡは嘘をつかない。親戚か、もっと近しい家族が見つかる可能性もある」

数分間、三月は何も答えなかった。

やがて絞り出すような声で言う。

「少し、考えて見る」

それからしばらく、錆丸は夏草の故郷で過ごした。

白夜が続くので、日にちの感覚がどうも分からない。だが、朝の時間になればちゃんと風は吹き出し、白鳥も飛んでくる。錆丸はトナカイの世話をし、近くの湖まで行って魚を釣る生活を楽しんだ。

墓には毎日、近くで摘《つ》んだ白いヒナゲシを捧《ささ》げた。夏草の母へだ。

今度の旅ではなぜか、誰かに花を託すことが多い。伊織にはプルメリア、鎖様には桜の絵、無名にはマルカ草、そして夏草の母にヒナゲシ。

純国普の襲撃はなかった。時々、近くの遊牧民が夏用のソリで通りかかるぐらいだ。彼らは夏草の建てた墓に祈りを捧げ、この話をもっと周囲に広めてくる、と約束してくれた。

それから五日が過ぎた。

予定では、桜と砂鉄、ユースタスは吐蕃で世話になった村を訪れているはずだ。あの二人がついていればあちらは問題ないだろうが、錆丸はどうしても三月のことが気にかかって旅立つことが出来なかった。

故郷を探そうという夏草の提案を、彼は受け入れも拒否もしないままだ。ただ、黙っている。

だが錆丸の休暇にも限りがあるので、いつまでもここでグズグズはしていられない。気がかりながらも、そろそろ出発すると錆丸が言うと、夏草はうなずいた。

「俺たちもいったん、月氏の幕営地に戻る。ここまで待っても純国普が来ないなら、しばらくは墓も大丈夫だろう」

三人でテントを片付け、ソリに積んでいた時だ。

ふいに、三月が言った。

「菜の花畑が、あったんだ」

夏草と錆丸は作業の手を止め、三月を見た。泣き笑いみたいな表情だ。

「子供だった俺がゲリラたちから逃げ出した時、遠くに菜の花畑が見えた」

すると夏草が、静かに笑った。

「菜の花畑だな。まずは、そこを捜すところからだ」

ユースタスは旅に出た。

常に一緒にいる恋人の砂鉄《さてつ》と、錆丸《さびまる》の娘、七歳の桜《さくら》を伴ってだ。

砂鉄と外国を回るのは常のことだったが、小さな桜を旅に連れ出して欲しいと錆丸《さびまる》から頼まれたのは、春頃のことだった。

桜は「母」というものを知りたがっている。

ならばいっそ、自分が金星特急で辿った旅路を出来る限り再現し、桜に見せたい。

錆丸がそう考えていると、桜がユースタスと一緒に行きたいと言い出した。

そこでユースタスと砂鉄は、桜を連れて上海《シャンハイ》、真臘《しんろう》と巡ってきた。小さな子を連れての旅とは予想外に大変なもので、興味を持つものに向かって突進したり、突然に尿意《にょうい》を訴えたりと、こちらが驚くような行動に出る。それまでは聞き分けのいい子だと思っていた桜だが、注意事項をすぽんと忘れて走り出したりするのだ。

なかなかに苦労したが、こうして砂鉄と共に錆丸を守りながら諸国を巡ったことを思い出し、つい懐かしくなってしまう。

「ゆすたすちゃん！」

旅の間、桜はユースタスをそう呼んでべったりだった。よく母娘《おやこ》と間違えられたが、そうすると桜が少し得意そうになる。そのたびにユースタスは胸が痛んだ。

彼女は偽物でもいいから母親が欲しい。他人から「母親のいる子」と思われるだけで嬉しい。どうしようもないことだと分かっていながら、その幼い心が哀れだった。

真臘からインドに渡り、ニューデリー駅から北上する列車で吐蕃《とばん》を目指すことにした。安全を考え一等車の個室を取ったが、大幅に遅れて来た列車は客が乗り込んでも一向に発車せず、何のアナウンスも無いまま一時間も待たされる。その間、ホームではチャイ売りがわめき散らし、ポストカード売りが列車の窓辺に押し寄せ、さらにそれを押しのけるようにポストカード売りが列車の背中を蹴倒《けたお》しつつ弁当売りが攻めてくる。大変な騒ぎで、桜はぽかんと口を開けて眺めていた。

「あのひとたち、怒ってるの？」

「違うぞ、桜。客に売りつけようと必死なのだ」

「あれじゃ、おきゃくさんこわがるよ」

「それでも時々は売れる」

この個室の窓は閉じてあるから押し売りの腕が伸びてくることはないが、桜には群がるお化けに見えるだろう。日本ではまず見かけない光景だ。

「叫んでわめいてでも売らないと、彼らは生活できない。彼らにも奥さんや、桜のような小さな子がいたりするからな」

「……そうかあ」

桜のつけている髪飾りの値段で、一家四人が数日は食べられる国、というのが、彼女には理解しがたいだろう。だが、知っておかなければならない。

桜は心配そうに聞いた。

「かわなくていいの？　あの、お茶とか」

「止《や》めとけ」

それまで黙って外を眺めていた砂鉄が言った。

「腹ァ壊すぞ、チビ」

「チビじゃないもん！」

ぷーっ、と桜が頬を膨《ふく》らまし、砂鉄に向かって、めっ、と指を立ててみせた。

「さてつは、いじわるね」

「そうかい」

「でも、かっこいいからゆるすね」

「あんがとよ」

ユースタスは思わず苦笑した。

この旅が始まって似たようなやりとりを何度も聞いた。

桜はこれまで、横浜でしか砂鉄と会ったことがなかった。もちろん大好きなパパ、錆丸が一緒だったし、三月《さんがつ》や夏草《なつくさ》、時には伊織《いおり》も一緒にいた。

あのメンツに囲まれていたので気づかなかったらしいが、上海、真臘などの異国に降り立った砂鉄が、人々から注目を集める「かっこよさ」だと知ってしまったらしいのだ。

隻眼《せきがん》や威圧感のある黒ずくめの格好で他人から遠巻きにされてはいるが、まあ恋人の贔屓目《ひいきめ》にしても魅力的な男だと思う。十代、二十代の女性には怯《おび》えられても、少し年齢のいった、酸《す》いも甘いもかみ分けたような女性からよく色目を使われている。

それに以前はユースタスも内心はらはらしていたものの、当の砂鉄が他の女に全く目をやらないので嬉しい。投げられた視線を返すどころか、そこにいるのが石像であるかのような扱いをする。

桜に対してと言えば、砂鉄は昔の錆丸と同じような扱いをする。

つまり、守るべき者、だ。

ようやく、列車が出発した。

北上するにつれ風景の趣《おもむき》が変わり、白く輝くヒマラヤ山脈の頂《いただき》が見える。大都会のニューデリーと比べて格段に空気が澄んでおり、人々の顔も違えば服装も違う。

窓に貼り付いて車窓《しゃそう》を眺めていた桜は、いちいち、ぞう、すいぎゅう、と数えていたが、やがて飽きたのか席に戻った。ユースタスにことんともたれる。

「パパのお店にね、いっぱい人がくるでしょ」

彼女は唐突にそう言った。

「ああ」

「パパにね、ママのことが知りたいなら、まず他のひとのママのこと聞いてみたらって言われたの」

それも錆丸から聞いてはいた。

彼女なりに色々と知識を得ようとしていたらしい。

「お爺《じい》ちゃんは、自分のママがあんまり好きじゃないみたい。お婆ちゃんは、自分のママを『嫌いになれない』っていった」

嫌いになれない、か。

それもまた、親に対する複雑な感情の一つだろう。

「パパも、いおりも、桜のお婆ちゃん……もう一人のお婆ちゃんのこと、好きじゃないの。さんがつにはママいないって。ママのこと好きって言ったの、なつくさだけだった」

「そうか」

これだけの人数に聞いて、自分の母親が好きだとはっきり答えたのは夏草だけ。それが桜にはショックだったようだ。

きっと、桜の幼い友だちはみんなママが大好きなのだろう。なのに周りの大人たちは自分の母親が好きではないという。

桜はユースタスの腕を自分の両手で抱きしめながら、話を続けた。

「お店にきたいろんな人にもきいたの。みやざきさんはね、ママ好き？　って聞いたらちょっとびっくりして、『まあ自分の母親だから一応はね』だって」

宮崎《みやざき》というと、金星特急を追う旅に食らいついてきた日本人ジャーナリストか。よりによって月氏《げっし》のメンバーに取材しようとしたり、グラナダの戦場を果敢に調査したりと中々勇敢だったが、まだ定期的に錆丸のバーを訪れているとは聞いている。

――自分の母親だから一応は。

これも何らかの含みはありそうな返答だ。

自分を産んで育ててくれた人だから感謝はしているが、一人の人間としてみれば言いたいことはある、というところだろうか。

「みやざきさん、おかあさんとおよめさんが、いっつもケンカしてたんだって。それで、りこんしたんだって」

「嫁姑《よめしゅうとめ》か……それは根深そうだ」

よく聞く話だ。宮崎はきっと、自分の母親と妻の間で板挟みになったのだろう。

「らいちょうさんはね、ママ知らないんだって。でも、ママってそんざいは、そんけいしてるよって」

赤の一鎖《いっさ》、雷鳥《らいちょう》。

彼女もまたまれに、二鎖《にさ》の無名《むみょう》と共に横浜を訪れている。錆丸と金星《きんせい》の娘の成長を見守りたいのだろう。

「むみょうさんはね、ママ好き？　って聞いたら、うーんってしばらくかんがえてた。そして、今は好きかな、だって」

「そうか。昔はどうあれ今はご母堂《ぼどう》を好いているのなら、幸せなことだ」

彼は確か大家族の長男だと聞いている。

砂鉄の養父、黒曜《こくよう》の実子であり、弟や妹が十数人もいたはずだ。複雑な想いはあれど、母を好いていられるのはいいことだ。自分が父親になったことで、心境の変化があったのかもしれない。

「でね、いてざちゃんと、わたぐもちゃんも、ときどき来るの」

それはユースタスもよく知っていた。

白鎖《はくさ》の女性コンビである射手座《いてざ》と綿雲《わたぐも》もすっかり大人の女性になり、さすがに日本のセーラー服やブレザーは着なくなったものの、休暇はよく日本に行っているらしい。彼女たちの尊敬する夏草がよく来るから、というのもあるだろうが、ショッピングが楽しいようだ。

「いてざちゃんに、ママ好き？　って聞いたら、なんかこまっちゃったの」

「困った？」

「ちょっとわらって、すきだけど、おかねいっぱいとるひとなの、って……」

お金いっぱいとる。

ユースタスは八年前、月氏の女子天幕で射手座と話したことを思い出した。

彼女は、成人男性みんなが山岳戦闘員の村出身だそうだ。男は幼いころから訓練され、十代後半で充分に仕上がれば、他国に傭兵《ようへい》として出稼ぎに行く。だが射手座の父が負傷して働けなくなったため、彼女が代わりに傭兵として働いているらしい。

おそらくは傭兵業で得る金を両親に仕送りしているのだろうが、何せあの月氏だ。相当な金を稼ぐ娘に、両親は寄りかかって生きているのだろう。

「いてざちゃんのお金、ママがむらのひとにあげちゃうんだって。だからこまるんだって」

桜のその言葉に、ユースタスは同情した。

予想通り、射手座の両親は月氏の娘に鼻高々で、送られてくる仕送りを村人たちに気前よく施《ほどこ》しているようだ。

だが、やはり射手座は母親を嫌いになれないようだ。自慢の娘と呼ばれ、仕送りを減らすわけにもいかず、ただ、命を賭けて稼いだ金を送り続ける。

桜は小さく溜め息をついた。

ユースタスの腕に頬を寄せ、沈んだ声で言う。

「それでね、わたぐもちゃんはね……」

「ああ」

どうしたのだろう、桜が暗い顔だ。

「わたぐもちゃんにね、ママ好き？　って聞いたら……だまっちゃった」

「……」

「すごく、こわいかおにみえたの。ずっとテーブルにらんでるから、わたし、ごめんねって言ったら、あやまらなくていいよって」

「そうか」

桜が「ママ好き？」と質問して回っているのは、錆丸の家族と宮崎をのぞけばほとんどが月氏だ。そもそもろくでもない生《お》い立ちだから傭兵にならざるを得なかった人々で、母がいない、もしくは親に売られた、というのも多いだろう。

ユースタスは八年前、女子天幕で白鎖と赤鎖《せきさ》の女子同士が一触即発になったとき、綿雲が「白鎖には一鎖のおかげで生きてられる人間がたくさんいる」と言っていたのを思い出した。

母のことを尋ねられただけで顔色を変える綿雲は、おそらく親に売られたか何かで悲惨な境遇にいたのだろう。そこから救い上げてくれた夏草は、彼女にとって恩人だ。

「わたぐもちゃん、かえるときにね、うむなよっておもった、って言った」

「産むなよ？」

「……あとでパパに聞いたらね、ちょっとこまってたけど、たぶん、『私を産まなければよかったのに』っていみだろうって」

ああ、綿雲は、よそに売りつけて悲惨な子ども時代を過ごさせるぐらいなら、いっそ産んでくれなければよかったのに、と思っているのか。たった七歳の子に母が好きかと聞かれただけで、トラウマが蘇《よみがえ》って言葉も出なくなるほどに。

桜はしばらく黙り込んでいた。

やがて、意を決したようにユースタスの顔を見上げたが、何も言わない。

ユースタスは微笑《ほほえ》んだ。

「私は、母のことが好きではないよ」

はっきりとそう言った。

おそらく桜は、ユースタスに「ママ好き？」の質問をするのをためらっていたのだろう。誰に聞いてもあまり良い返事は返ってこないし、綿雲ははっきりと怒らせてしまった。まだこの質問を続けてもいいのかと、幼心に迷っている。

だから、先に言ってあげた。

「私の母は、弱い人だった。私のことを好いてくれていると思っていたが、お金であっさり手放した。今でもお金が大好きだ」

幼い頃、母アデルと楽しく過ごした記憶もある。だが若くしてユースタスを産んだ彼女はまだ遊びたい盛りで、放っておかれることも多かった。あげく、実父に売り渡した。そこから辛い日々が続いた。

「彼女は今でも、パリという所で暮らしている。私の渡したお金で、それなりに裕福に」

以前に手放した子が聖マセッティ騎士団に所属していると知り、アデルはユースタスに金をせびりにやって来た。

大金を渡し、彼女に別れを言った。これ以上付きまとうなという意味ではあったが、やはり、自分を産んでくれた人にそんなことを言うのは酷《ひど》く辛《つら》かった。

アデルは渡された金で豪遊していたが、使い果たしてまたユースタスにまとわりつかれてはたまらないと、砂鉄が容赦《ようしゃ》なく彼女を締め上げた。口座に制限をつけ、毎月決まった額しか引き出せないようにしたのだ。

おかげで今のところは落ち着いて過ごしているらしい。豪遊する金は無いが、良いアパルトマンで贅沢《ぜいたく》に暮らせるだけの額はあるのだ。

「ゆすたすちゃんも、ママ嫌いなの……」

桜は何だか泣きそうな顔になった。

母というものは、絶対的に愛される素晴らしい存在であると信じ切っていたのだろう。

だがたとえ七歳児とはいえ、ユースタスは嘘はつきたくない。

「嫌いではない。嫌いになれれば楽だが、あれでも私を産んでくれた人だ。好きではない、というのが本音だ」

隣人を愛せ。

主《しゅ》はそうおっしゃっている。

なのに血のつながった母さえ全力で愛せない自分は駄目な人間なのかと苦悩したりもした。

だがある日、ふと楽になった。

ユースタスは懐《ふところ》をさぐり、小さな箱を桜に見せた。

「桜。私は自分の母を好きになれないが、この人を好きなのだ」

「……このひと？　はこ？」

桜の手に小さな箱をそっと置いた。不思議そうな顔で見ている。

「これは、砂鉄の母上だ」

「さてつの？」

彼女は驚いた顔で砂鉄を見た。

それまで窓の外を眺めていた砂鉄が、桜へ目をやる。そして静かな声で言った。

「母親は、俺が子どもの頃に死んだ。それは遺骨《いこつ》だ」

「遺骨とは、骨のことだ桜。亡くなった人の骨を大事にすることは、そんなに珍しくない」

「そうなの？」

キリスト教やイスラム教では土葬《どそう》だが、火葬が一般的な国では遺骨をきちんと保存するところもあるようだ。日本がまさにそれだが、桜はまだよく知らないだろう。

「砂鉄は、大事な母上の骨を持ち歩いていた。それほどに素晴らしい、尊敬できる母上だったのだろう。そして、それを私にくれたのだ」

桜は目をぱちくりさせた。

亡き母の遺骨を恋人に渡すことの意味が、幼い彼女に理解できるかどうか。それでもユースタスは続けた。

「それから私は少しずつ、砂鉄の母上の話を聞いた。幼い頃の思い出や、話し方、声、服……父上が亡くなっていたため、一人で砂鉄と妹さんを育てられたのだ」

荒涼《こうりょう》とした砂漠で、砂鉄の母は娼婦として身を立てていたそうだ。それが彼女に出来る精一杯だった。

だが不思議と凛《りん》とした人で、砂鉄は自分の母親が世間から貶《おとし》められる仕事をしているなど、全く気づかなかったそうだ。

「砂鉄から母上の話を聞くたびに、私も彼女を好きになっていった。だから私は、自分の母は好きになれないが、砂鉄の母上は大好きだ」

「これが、さてつの、ママ……」

桜はそっと手を持ち上げ、小さな箱を凝視《ぎょうし》した。こぼれんばかりに目を見開き、この中に詰まった「母」を想像しているようだ。

「今は、亡くなった砂鉄の母上が私の母だと思っている。だから桜もいずれ、そうなるかもしれないな」

「桜も？」

「好きな人が出来て、結婚すれば、その好きな人のママが桜のママになるかもしれない」

宮崎のように嫁姑として反発しあう可能性もあるが、この無邪気な桜を見ていると、そうでない未来が訪れることを願いたい。

「桜がけっこん……けっこんは、すてきなドレスきられるよね？」

「そうだな、ウェディングドレスだ」

「ドレスはきたい！」

桜は笑顔で言った。

まだまだ彼女にとって恋愛や結婚とは、単純にドレスが着られる機会というだけのものらしい。

列車が高度を上げるにつれ、車内は冷えてきた。

そもそも冷房がきついのもあり、桜に上着を着せ、車内販売で温かいチャイを頼む。

「これから行くのは、どんなとこ？」

「吐蕃《とばん》といって、かなり高いところにある。都は素晴らしいとの噂だが、私たちが行くのは小さな村だ」

ユースタスは一通の手紙を取り出し、桜に見せた。

「山の中にぽつんとある集落だが、そこに私の友人がいる」

金星特急の旅で出会ったラシィだ。

あの時は十五歳の少女で妊娠していたが、今や立派な母親だ。

ユースタスはこの旅に出る前、ラシィに手紙を書いた。以前その村を訪れた砂鉄と、錆丸の娘と一緒に訪問したい、と。

すると、しばらくして返事が来た。

読み書きの出来ない彼女は、行商人の夫に教わりながら一生懸命、つたない字で文字を綴《つづ》っていた。とても嬉しい、大歓迎する、私の娘も八歳になった、と。

「桜の一つ上の娘さんがいるそうだ。友だちになればいい」

すると、桜の目がパッと輝いた。

「うん！」


列車を幾つか乗り換えて国境を目指し、標高二千メートルほどの街に一泊することにした。

高山病対策のためだが、幸い桜に症状が出ることはなく、珍しい街の様子に興味津々《しんしん》だ。同じインドとはいえニューデリーとは全く風景が違い、連なる山々も美しい。

翌日は車で高度をあげていき、吐蕃との国境についた。

パスポートの名字が三人とも違うので誘拐も疑われるところだが、これまではどの国に入る時もユースタスの銀の目の力で黙らせてきた。いちいち「友人の子です」と説明するのも面倒臭いからだ。

だが吐蕃には全く問題なく入国でき、職員に桜がバイバイと手を振ると、笑顔で手を振り返される。

吐蕃では夏でも雪をいただく山々が広がっていた。人々の服装もインドとは異なり、街には寺が多い。仏教の地域に入ったのだ。

「桜、気持ち悪かったり、胸がドキドキすることはないか？」

「だいじょうぶ！」

国境の街ですでに高度三千メートルらしい。ここでも一泊か二泊して、桜を慣らさなければならない。

八年前、砂鉄と錆丸と自分は飛行機で一気に真臘から吐蕃へと飛んだ。密林の熱帯からいきなり高度四千メートルに降りたので、ユースタスは高山病で酷く苦しんだ。鉄分の不足しがちな女性の方が、症状も重くなりやすいらしい。桜ほど幼い身体にも男女の差が出るかどうかは分からないが、用心しすぎることはない。

病院で彼女の血圧や血中酸素濃度を調べてもらい、問題なしと判明したので、翌日、三人はいよいよラシィの村へ向かうことになった。

標高がさらに高くなるので、桜にはしっかりと重ね着をさせ、日焼け止めを塗り、靴も日本で買っておいたトレッキング用に替えさせる。

「おくつ、そっちじゃダメなの？　そっちがいい」

可愛いリボンのついた女児用シューズを桜は指差したが、ユースタスは笑顔で言った。

「高い山の上に行くから、歩きやすい靴でないと危ないのだ。桜が転んで怪我でもしたら、私は錆丸に顔向けできない」

父親の名を出すと、桜の小さな我儘《わまま》はすぐに引っ込められた。

錆丸とこんなに長く離れるのは初めてなので恋しがって泣いたりしないかと心配だったが、そんなこともない。ただ、外国で見る珍しいものを画帳にクレヨンで描き、パパに見せるとはしゃぐだけだ。

そんなところも桜は大物だと思う。さすが、あの過酷な金星特急の旅を生き抜いた錆丸の娘だ。

ラシィからの手紙で、村までは車で行けることも分かっている。以前はヤクの荷車か徒歩で近づくしかなかったが、最近やっと道路が出来たそうだ。

車で山々をぬって走りながら、桜はずっと外を見ていた。

荒涼とした茶色い景色。高地特有の紫がかった蒼い空。火星のような風景の中、斜面に張りついた無舗装の道が続く。

「おそらのいろ、ちがうね」

「高度が高いと空気が薄い。宇宙が透けて見えるから、あんな色になるのだ」

「うちゅう!」

まだ宇宙が何だかよく分かっていない桜だったが、その言葉の凄《すご》さだけは感じ取ってくれた。

休憩で外に降りる時は、桜に子供用サングラスもかけさせた。

口をぽかんとあけて空を見上げている。

「なんで?」

「高地は紫外線が強いのだ」

「しがいせん」

「そうだな、つまり、目には見えないがあまり良くない光が降ってきている。桜は目の色が薄いから、気をつけなければならない」

紫外線の危険性は、金星特急の旅の途中に砂鉄から教わったことだ。それを今こうして錆丸の娘に教えているだなんて、我ながら不思議だ。

すると、路傍《ろぼう》で煙草を吸っていた砂鉄がボソッと言った。

「お前も気をつけろよ」

「ああ、ありがとう」

ユースタスは微笑んで答えた。

もちろん自分の青い目が紫外線に弱いことなど十分承知している。そして砂鉄も、ユースタスがそれを忘れるほど馬鹿ではないと知っている。

なのに彼は、気をつけろと言わずにいられないのだ。

ユースタスも、そう言われて嬉しいのだ。

ラシィの村への道を上る途中、五体投地《ごたいとうち》の巡礼を見かけた。何をしているのと桜が不思議がるので、お祈りだと教える。はためく祈禱旗《タルチョ》も道沿いにぽつんと建つ仏塔《ぶっとう》も、桜には何もかもが珍しかった。

夕暮れ時、ようやくラシィの村に辿り着いた。

八年前より家が増えており、小さな祠《ほこら》は寺になっている。道路が開通したおかげだろう。以前来た時は暗くて分からなかったが、どの家にも五色の布が掲げられている。

「ユースタスさん！」

家から飛び出してきたラシィは、いきなりユースタスに抱きついてきた。すっかり大人の女性になっている。

「ラシィ、久しぶりだ」

「ユースタスさん、ユースタスさん」

みるみるうちに彼女の目に涙が溢れ出した。

ぎゅっとしがみついてくる、その背中をゆっくりと撫で下ろす。

村人たちも全員が出てきて、深いお辞儀をした。ラシィの命の恩人だとみんな知っているのだ。

彼らは砂鉄とユースタスに白いスカーフを差し出した。最大限の敬意の表れだそうだ。

その夜は、以前も世話になった村長の家で歓迎の宴《うたげ》に呼ばれた。

粗末だった石造りの建物は赤いコンクリート製になっていたが、鮮やかな五色の布や仏像、僧侶の写真などが飾られているのは変わっていない。

麦焦《こ》がしの団子や、ヤクの肉の餃子《ギョウザ》、カレーのようなものが大量に並べられ、出されるお茶はバター茶だ。八年前も突然訪れたのに歓迎してくれたが、その時、ユースタスは高山病でダウンしていてほとんど食べられなかった。今日は吐蕃料理のリベンジマッチが出来る。

ラシィの娘エリは桜の隣に座った。

すぐに仲良くなり、これはヤクの肉、これは野菜の麺《めん》、と説明している。

ラシィとその夫は、砂鉄とユースタスに何度も何度も礼を言った。

「八年前、あなた方に妻を助けてもらえなければ、この子も存在しませんでした。ユースタスさんに名付け親になって頂いたエリも、すっかり大きくなりました」

砂鉄と錆丸、ユースタスの三人が峠越えで金星特急を目指していた時、ラシィが身重の体で必死についてきた。どうしても峠にある僧院で子を産みたいとすがってきたのだ。

高山病で苦しみ、狼に襲われ、砂鉄には見捨てられかけて大変な道のりではあったが、この娘を救えて本当によかった。

あの時は隊商《キャラバン》にいたラシィの夫も、今はこの村に腰を落ち着け行商人をしているそうだ。

エリの成長が何よりも楽しみらしい。

村長や村人たちからも次々にお礼を言われた。

ラシィを救った勇敢な三人組は八年間語り継がれており、幼い子供たちからも最大のお辞儀をされる。彼らは金髪碧眼《へきがん》という人種を初めて見たらしく、何人もから髪を触られた。

すると砂鉄がボソッと言う。

「ガキなら許す。だが、ガキだけだぞ」

彼の独占欲の強さに思わず笑ってしまった。最近、ユースタスは砂鉄が可愛く見えることさえある。

楽器が鳴らされ、被《かぶ》り物をした男が踊る。宗教的なもののようだが、見ていて面白い。村人たちは酒も入って大盛り上がり、実に賑《にぎ》やかな宴となる。

さすがに桜が疲れてウトウトし始めた頃、ユースタスは年配の女が一人、心配そうな顔で宴を抜け出すのを見た。

その時は何かあるのだろうぐらいに考えていたが、戻って来た彼女の顔は絶望に満ちていた。

周囲の女たち数人と囁き合い、そのうちの一人がラシィに何か耳打ちすると、彼女もまた顔を曇らせた。いても立ってもいられなくなったらしく、座を外して申し訳ありません、と言い置いて村長の家を出て行く。

戻って来た彼女は涙目になっていた。

それでも無理に笑顔を作ろうとするので、ユースタスは気になって尋ねてみた。

「何かあったのですか」

「従姉妹《いとこ》が初産《ういざん》で臨月なのですが、産婆《さんば》さんが言うには、母子《ぼし》ともに危ないそうです。悪い精霊がつきました」

「それは……」

「お腹《なか》を切って出すしかないそうですが、産婆さんには出来ません。だが無理に産んでもどちらも死ぬ可能性が高いと。叔母はずっとお祈りしていますが……」

「近くに病院はないのですか。今なら私たちが乗ってきた車で送れますが」

ラシィは小さく首を振った。

「吐蕃医《アムチ》さまではない、そういう西洋式の病院は、よほど大きな街にしかありません。車でもどれほどかかるか」

「しかしこのまま苦しませるより運んだ方がよいでしょう」

するとラシィはうつむいた。

「そんな病院は、お金が高いのです。私たちのような暮らしの者は、とても行けません」

ユースタスはハッとして、少し赤面した。

車で病院に行くという当たり前のことが出来ない人間もいる。これまで色々な国を回ってきたくせに、そんなことも忘れていたなんて。

もちろん、ここでユースタスが金を出してその娘を街の病院に診せることは出来る。だが彼らは施しをよしとしないであろうし、今後いくらでも難産の妊婦は出てくるだろう。ラシィの従姉妹一人を助けたところで、根本的な解決にはならない。

ふと、思いついたことがあった。

「私も従姉妹に会わせて頂けますか？」

するとラシィはパッと顔を上げた。わずかに微笑む。

「ええ、喜ぶと思います。会いたがってましたから」

ユースタスは砂鉄に囁いた。

「少し出てくる。桜を頼む」

砂鉄は左目を細め、唇の端を皮肉そうにあげた。

「何か厄介《やっかい》ごとか」

「かもしれない」

砂鉄は軽く肩をすくめただけで、ユースタスを制止はしなかった。すでに何か予感しているようだ。

ラシィと共に村長の家を出て、彼女の従姉妹の家に行った。

妊婦の容態は素人目《しろうとめ》にも危険だと分かった。香草の煙がたち込める中、ラシィの叔母は泣きながら祈り続けており、夫であろう小柄な青年はグッと唇を噛みしめうつむいている。

産婆は首を振った。

「もってあと二日だ。この娘は出産に耐えられない」

産婆の言葉は容赦なかったが、それも仕方ないのだろう。覚悟を決めさせなければならない。

ユースタスは妊婦の体格を目で測《はか》った。

ラシィよりもさらに小柄で、体重は臨月の今でも四十五、六キロというところだろう。

「峠の僧院に運ぶことは出来ませんか？　あそこには西洋医学を学んだ医僧もいたはずです。金もそんなに取らないでしょう」

八年前にユースタスを手当てしてくれた僧《タバ》は、外国で医学を修めたと言っていた。帝王切開の経験があるかどうかは不明だが、僻地《へきち》で働く医療者は様々な手術を学んでいるものだし、期待はしてもいいだろう。

それに、あの時は突然飛び込んで来たユースタスを無償で治療してくれた。信者たちからは幾《いく》ばくかの寄付を募《つの》るだろうが、近隣の民が払えないほどの金を要求することもないはずだ。

「戸板に乗せて、男二人でなら運べるはずです。峠の狼は砂鉄と私が何とかします」

勝手に砂鉄を巻き込んでしまったが、この方法なら難しくはないはずだ。

運び手は山に慣れた屈強《くっきょう》な男を選んでもらえば、砂鉄と自分は護衛に専念できる。八年前よりは条件はいい。

するとそれまで石像のように黙り込んでいた妊婦の夫が言った。

「確かに、あそこの僧《タパ》さまたちなら何とかしてくれるでしょう。でも、今は狼だけじゃなく盗賊も出るんです」

「盗賊？」

ラシィも暗い顔で続けた。

「道路が出来て人が入りやすくなり、あの僧院への巡礼も増えたのです。ですが、五体投地で旅を続ける人々を襲う盗賊も住み着いてしまって……近隣の村々は怯えてます」

巡礼を襲う盗賊とは、相当な凶悪さだ。この辺りの信心深い人々からすれば、信じられない外道《げどう》だろう。

だが、盗賊は人間だ。

人間ならば狼よりも話が早い。

ユースタスは力強くうなずいた。

「狼に盗賊でも、砂鉄と私なら対処できます。彼がどれほど強いか、あなた方の想像を超えていると思います」

従姉妹の夫の顔にじわじわと希望が宿ってきた。

ラシィも目を見開き、息を飲んでいる。

「ほ、本当にそんなことが」

「狼は厄介ですが、八年前は夜も進む必要があったから襲われた。昼だけ進み、夜はしっかりガードして野営するのです。盗賊は砂鉄と私で片付けます」

突然、それまで祈っていたラシィの叔母がユースタスにしがみついてきた。

「お願いです、どんなことでもします、この子を助けて下さい」

ぼろぼろと涙を流すその顔に、ユースタスの胸は痛んだ。

この女性は今、娘を出産で失いかけている。かぼそく老いた手にこめられた力が、絶望の深さを表している。

「もちろんです。目の前に苦しんでいる人がいるのに何もしないではいられません」

これは神の教えだ。

命は何よりも重い。むざむざと若い娘と赤ん坊を死なせるわけにはいかない。

ユースタスはラシィに頼み、砂鉄を呼んできてもらった。

彼は妊婦を見下ろし、泣き腫《は》らした目ですがるように見上げる叔母を見下ろし、期待半分、不安半分という顔のラシィと妊婦の夫を見下ろした。

「実は――」

ユースタスが状況を説明しようとすると、砂鉄はさえぎった。

「分かった。もういい」

「まだ何の説明も――」

するとと砂鉄は、大きく溜め息をついた。

「お前の考えることぐらい、言われなくても分かるんだよ。このお人好しが」


妊婦を峠の僧院に運ぶ話は、宴で集まっていた村人にあっという間に広まった。

村長は感激のあまり涙ぐみ、何人もの男が自分を運び手にしてくれと立候補してくる。砂鉄はその中から最も屈強な若者二人を選び出した。

「お前とお前だ。覚悟はあるな？」

「お客さまが村の娘のために戦おうとして下さるのです。俺たちも命をかけ、狼や盗賊と戦います」

彼らの決意は固いようだった。しっかりと頷く。

それまで悔しそうに黙り込んでいた妊婦の夫が、砂鉄に言った。

「あの、俺もついていかせて下さい」

彼は必死だった。

小柄で非力なため、運び手として砂鉄から真っ先にはねられていたのだが、妻のためにどうしても何かしたいらしい。

「確かに俺は運び手に向かないでしょう。でも、俺も山の男です。妻を運べないというのなら、食料や薬を運びます」

「駄目だ」

砂鉄はにべもなく拒否した。

「人数が増えれば狙われやすくなるだけだ。俺とこいつで運び手二人と妊婦までは護衛できるが、それ以上は邪魔にしかならない」

彼は悔しげな顔でうつむいた。

気持ちは分かるが、確かに彼がついてくるのは足手まといにしかならない。だが慰めている余裕も無いし、ユースタスは砂鉄とともにしっかりと装備を調え、二人の運び手にもあれこれ指示を出した。剣も手入れし、早めに寝床に入らせてもらう。

翌朝の四時。

寝ぼけ眼《まなこ》で起きだしてきた桜に事情を説明した。

「今から私と砂鉄は、この女性を病院まで運んで来る。何日か留守にするが、平気か」

父親を恋しがって泣くこともしない子だ。数日ほど自分たちから離れても大丈夫だとは思うが。

桜は目をぱちくりとさせ、戸板に乗せられた妊婦を見下ろした。お経の書かれた布で覆《おお》われ、胸元に経典が置かれている彼女を見て、不思議そうな表情だ。

「ラシィが君の世話をしてくれる。エリと一緒に遊んでいるといい」

「いいの⁉」

桜はエリと遊んでいられると聞いて、むしろ大喜びだった。早速《さっそく》エリのもとにすっ飛んでいき、いっぱい遊んでいいって、と知らせている。

錆丸から預かった大事な娘を手放すのに不安が無いわけではないが、ラシィも村人たちもしっかり世話をすると約束してくれた。平和な村だし、数日なら大丈夫だろう。

桜はエリと並んで妊婦の隣にしゃがみ、笑顔で言った。

「おねえさん。おねえさんのあかちゃんみるの、たのしみにしてる！」

出立《しゅったつ》時は八年前と同じく、村人総出だった。全員がお祈りしている。

桜はぴょんぴょん跳ねながら手を振っている。それにつられて、エリや他の子たちも真似し出した。

ユースタスはふと、見送りの中に妊婦の夫がいないことに気がついた。

(悔しくて顔を出せないのだろう)

妻の命の危機に何も出来ない。それが彼を打ちのめしているのだと、ユースタスは考えた。

可哀想だが、無事に母子ともども戻ってから精一杯働いてくれればいい。

山の斜面は灰色だった。

高度が高すぎて植物も生えず、荒涼とした風景だ。所々に棒《ぼう》が立てられ、色あせた祈禱旗《タルチヨ》がなびいている。八年前に見た光景と全く同じだが、高山病で苦しんでいた時と違い、今はこれもまた寂しさの美のように見えてくる。

先頭は砂鉄、妊婦を運ぶ若者二人、ユースタス、という順に進んだ。

砂鉄はかなりのスピードで斜面を登っているが、若者は平然とついてくる。さすがに地元民だけあって、足腰の強さは相当なものだ。

村長は、何もなければ地元の人間で一日半の距離だと言っていた。このペースならもっと早く着けるかもしれないが、妊婦がいるので油断できない。

ユースタスは時折、妊婦の顔をのぞき込んで声をかけた。

「すぐにお医者さまのところに着きます。安心して下さい」

「……はい……」

経典を握りしめた彼女の額には脂汗《あぶらあせ》が浮くが、この超乾燥地帯では一瞬で乾いていく。時折ユースタスに水を飲ませてもらいながら、彼女は荒い息を吐き続けた。

盗賊はまだ気配も無い。

僧院のすぐ近くに巣くっているそうなので、遭遇するなら明日だろう。

道行きは順調だったが、妊婦が頻繁に尿をするため、どうしても足が止まった。

「すみません……」

「いいのです、当たり前のことです。具合が悪くなったらすぐに教えて下さい」

妊婦は涙ぐんで言った。

「お、女の方が来てくれて嬉しい……男の人に、頼めないことが多くて」

それはそうだろう。

男だけの中で過ごすのは妊婦にとって酷く不安なはずだ。自分が女で良かったと思ったのは、砂鉄に恋した時以来、初めてだ。

峠への分かれ道には、赤いペンキで経文《きょうもん》が書かれた牛の骨が置かれていた。この道祖神《どうそじん》には見覚えがある。

「ここまで来たら狼に要注意だ。我々も警戒するが、君たちも覚悟してくれ」

ユースタスが言うと、若者二人はしっかりとうなずいた。地元の民だ、もちろん狼の出没場所も、その厄介さも知っているだろう。

日が暮れる頃、狼の遠吠《とおぼ》えが聞こえてきた。

いくつもの遠吠えが呼びかけあい、獲物が出没したことを知らせ合っている。

だが砂鉄はそのまま進み続け、以前、狼に襲われた道も素通りする。

（……襲ってこない）

大きな岩の横を野営地にした。

狼の呼び声は近くなっているものの、やはりこちらに仕掛けてくる気配がない。

煌々《こうこう》とした満月が昇り、ユースタスは野営地の外で狼の警戒を続けた。

だが、来ない。

呼び合うばかりで、狼が近寄ってこない。

やがて不思議なことに、狼の鳴き声はぱたりと止《や》んだ。

「……？」

ユースタスが拍子抜《ひょうしぬ》けしていると、砂鉄が隣に立った。

「狼の賢さに期待していたが、やっぱりな」

「賢さ？」

「俺とお前の匂いを覚えてんだよ。八年前に手ひどくやられたことを、群れが記憶している」

狼とはそれほど賢いのか。

さすがにユースタスは驚いた。群れの個体も入れ替わっているだろうに、八年も前の強敵をちゃんと伝え合い、撤退《てったい》していくなんて。

念のために交代で見張りは続けたが、結局、夜明けまで襲撃は無かった。

「今からが正念場《しょうねんば》だぞ」

砂鉄が若者二人に言うと、彼らはごくりと唾《つば》を飲み、しっかりうなずいた。盗賊には銃を持つ者もいるらしい。命を落とす危険性も高いのだ。

段々と明るくなる山道を進み続けながら、ユースタスは重ね着した服の下で、ごそごそと手を動かした。

銀の魚。

これが肌の上を泳いでいるおかげで、自分には奇妙な能力があるのだ。この魚を両目の上まで誘導すればユースタスの瞳の能力は最大となり、どんな人間でも一瞬で気絶させることが出来る。

なので、最初から盗賊は何とかなると思っていた。心配だったのは狼の方だったが、自分たちから撤退してくれるとは有り難《ありがた》い。

進み続けると、山肌に僧院が見えて来た。

ということは、盗賊が巣くっているのはあの崖下《がけした》あたりか。

銀魚《ぎんぎょ》を誘導する用意をしながらユースタスは油断なく辺りを見回した。すでに何人かの盗賊が、横へと移動しつつある。すぐに襲ってこないのは、明らかに地元民ではない砂鉄とユースタスを警戒しているようだ。

やがて崖下に近づくと、盗賊たちが一斉に現れた。

高い岩の上に立ち、こちらを見下ろしている。

(銃を持つのは三人だけ。あとは剣が十四人、斧《おの》が八人、全部で二十五か)

盗賊の一人が叫んだ。

「ありったけの金と、その女二人をよこせ！」

「断る」

砂鉄が言うと、彼らは一斉に武器を構えた。

ユースタスをちらりと見て、軽く顎《あご》を上げる。

それにうなずき、銀魚を顔まで誘導した瞬間だった。

背後から大勢の足音が迫ってきた。

驚いて振り返ると、朝日に輝く雲海を背景に、何人もの地元民が手に手に杖《つえ》を持ってこちらに駆けてくる。

その先頭は、妊婦の夫だった。

「俺たちも戦います！」

彼が叫んだ瞬間、ユースタスは銀の目を発動させた。

——ただし最大限ではなく、盗賊たちの力を奪うように。

「うわっ」

「な、何だこりゃ」

彼らは次々に武器を取り落とし、膝をついた。今ごろ体が痺《しび》れて動けなくなっているはずだ。

だが銃の三人だけは気絶させることにした。銃を遠くに放り投げるよう強制した後、完全に意識を奪う。

何人もの地元民たちは妊婦の戸板を通り越し、ときの声をあげながら盗賊に向かっていった。

砂鉄と自分がやるより、彼らに殲滅《せんめつ》させた方がいい。

しかし、どう見てもあの村の人間だけではない。百人近くはいる。

ほとんど抵抗できなかった盗賊たちはあっさりと倒され、縛り上げられた。今までに何人も巡礼を殺しているそうだから、極刑《きょっけい》になるだろう。

妊婦の夫が、砂鉄とユースタスに頭を下げた。

「どうしても妻のために何かしたくて……。夜の間に近隣の村を回り、一緒に盗賊を倒そうと説得してきました」

驚いたことに彼は、砂鉄から運び手を拒否された後、ヤクで近隣の村々を走り回ったそうだ。

二人の外国人が命を賭けて妊婦を護送してくれているのに、俺たちが何もしないでどうする、そう説《と》いたらしい。

盗賊を倒そうという男は百人近くも集まり、ほぼ夜通しでこちらを追いかけて来たそうだ。

「あなたたちのおかげです。ありがとうございます」

彼は再び深い礼をした後、妻のかたわらにひざまずいた。

優しい笑顔で言う。

「俺がついてるよ。もう心配ない」

とたんに妊婦は泣き出した。

今まで必死に経典を握りしめていた手が、夫へと伸ばされる。

何も出来ないと思っていた小柄な夫の、この行動力。

「愛の力だな。彼は素晴らしい夫だ」

ユースタスが呟くと、砂鉄が苦笑した。

「今回ばかりは、それに賛同だ。大した奴だ」


盗賊たちは地元民によってしょっぴかれ、山を下っていった。街の警察に突き出すそうだ。

妊婦の夫も含め五人となった一行はそれからは難なく進んだ。

目指す僧院は、極彩色《ごくさいしき》の仏教寺院だった。斜面に貼り付いた五層構造の木造建築で遠目にも目立つ。

妊婦は何度か陣痛《じんつう》を訴えたが、夫が大丈夫、大丈夫と声をかけ続けた。まだ生まれてくる間隔ではないそうだ。

猛スピードで進み、一歩踏み外せば崖下に真っ逆様の狭い階段を昇り、やっと僧院にたどりついた。

僧侶達は驚きながらもすぐに妊婦を受け入れてくれた。てきぱきと指示し合い、奥の間へと運ばれていく彼女には、夫が心配そうに付き添って行く。

そこでようやく、運び手の若者二人は力が抜けたらしい。ぐったりと寺院の床に座り込み、放心したように壁の曼荼羅《まんだら》を見上げている。

「お前ら、よくやった」

砂鉄が言った。

「あの速さについてこれるとは思わなかった。おかげで間に合った」

彼らの素朴な顔が、少しずつ赤くなっていった。声も出せないほど疲れ切っているが、嬉しいらしい。

ユースタスは笑顔で彼らに教えた。

「砂鉄が人を褒《ほ》めるのは本当に珍しいことなのだ。君たちは自分を誇《ほこ》っていい」

すると、赤い袈裟《けさ》の僧侶の一人が突然、声をかけてきた。

「砂鉄さんとユースタスさん?」

その姿に、ユースタスは驚いた。

白人の僧侶だ。吐蕃に入って僧侶はたくさん見たが、白人など一人もいなかった。

しかも、この顔は、もしかして。

「ア、アンリさん!?」

仰天《ぎょうてん》したユースタスは、まじまじと彼の顔を見つめた。

八年前、真臘から吐蕃まで飛行機で送ってくれた元脱走兵のフランス人だ。戦争を嫌い、シャングリラという理想郷を求めて吐蕃に入ったが、そんなものはどこにもないと知り、ショックを受けていたらしい。後から錆丸に聞いた。

その人物がなぜ、まだ吐蕃にいるのだろう。

彼は穏やかに微笑んだ。

「私は仏教に帰依《きえ》し、ここの人たちのために働くと決心しました。だがフランスには帰れないので、イギリスで医療を学び、また戻って参りました。医者としてはまだまだ新人ですが、働かせて頂いております」

「アンリさんが……」

考えてみれば彼は元空軍パイロットだったエリートだ。頭も良いはずだし、人々を助けたいとの願いが、ここを彼のシャングリラにしたのだろう。

「積もる話はありますが、また後でにしましょう。あの妊婦がかなりの難産になりそうです」

「帝王切開は出来ますか」

「いえ、それも危険です。緊急の処置で何とか産ませます」

彼は早足で立ち去っていった。

だがすぐに、妊婦の夫がユースタスの元にやって来る。

「妻が、あなたに側にいて欲しいと頼んでいます」

「私が？」

ユースタスは驚いた。

自分は子どもを産んだ経験も無いし、出産に立ち会ったこともない。役に立てるとは思えないが。

「心細いようです。本当は妻の母親に見守られての出産のはずでしたから」

「――分かりました」

ユースタスは砂鉄を振り返った。

「行ってくる」

彼は無言で顎を上げただけだった。

ユースタスのやりたいこと、したいことに、彼が反対することはあまりない。信じてくれているのだ。

夫に案内されて行った部屋は近代的だった。

伝統的な仏教寺院の中にこんな設備があるとは驚きだが、やはり五色の布が掲げられている。

妊婦はユースタスを見ると、必死に手を伸ばしてきた。

「怖い、怖い」

「大丈夫です。お医者さまがいます」

「痛い、凄く痛い」

彼女は怯えていた。

か細い体で、別の命を産み出そうとする、母という生き物。

緊急出産が始まった。

妊婦は凄まじい声で叫び続け、何度も呼吸を止める。そのたびに息を吐くよう指示され、必死に従う。

ユースタスは青ざめた顔でそれを見ていた。

出産が苦しいものとは聞いていた。だが、ここまでなのか。

全身を振り絞《しぼ》って叫び続け、それでも足りないほどの苦痛が延々と続くのか。

「母さん、母さん、助けて」

妊婦は母を呼び続けた。

喉《のど》をそらし、泣きじゃくりながら母を求めた。そして、自《みずか》らが母になろうとしている。

赤ん坊が無事に産まれたのは六時間後だった。

ぐったりした母親に、赤ん坊が手渡される。

「男の子ですよ」

母親はうっすら微笑んだ。その美しさは、息を飲むようだった。夫は隣で泣いている。

ユースタスはじっとその光景を見つめた。

自分は母親になることはないだろう。そういう体らしい。

だが一つだけ、分かったことがある。

自分の母アデルも若くしてユースタスを産んだ。

彼女もあれほどの凄まじい苦しみを乗り越え、自分をこの世に送り出してくれたのだ。

きっと産まれた瞬間は、アデルもあの美しい微笑みでユースタスを見たはずだ。そう信じたい。

砂鉄の元に戻ると、彼はユースタスの肩を抱いた。無言で軽く揺する。

ユースタスは彼の肩に額をつけ、静かに言った。

「一つだけ分かった」

「何だ」

「母は、母だ。自分をこの世に送り出してくれた人。それ以外の何者でもない」


村に戻ったのは、それから二日後だった。

ラシィの従姉妹は存外に肥立《ひだ》ちがよく、難産で苦しんだわりにすぐ動けるようになったのだ。

「さてつ！　ゆすたすちゃん！」

桜は元気いっぱいでお出迎えしてくれた。

色白の彼女は紫外線に弱いので、くれぐれも日焼け止めを忘れないようラシィに頼んできたのだが、きちんと守られたようだ。子供用サングラスもしっかりかけている。

桜はエリと仲良く手をつないだまま、ラシィの従姉妹を見上げた。

「あかちゃんは？」

「元気よ」

ラシィの従姉妹は微笑み、桜とエリに目線を合わせてしゃがみ込んだ。その腕の中には産まれたばかりの我が子が抱かれている。

桜とエリは、息を飲んで赤ん坊の顔をのぞき込んだ。ちっちゃい、と驚いている。

「このこ、おねえさんのおなかから出てきたの？」

「そう。今までずっと私のお腹の中で眠ってたけど、起きて、世界に出てきたの」

桜はしばらく、赤ん坊の顔を不思議そうに見つめていた。エリが「可愛いね」「お名前は」と聞いている横で、黙って何か考え込んでいる。

ふいに、桜は言った。

「わたしもね、お花のなかで、ねむってたの。あったかいお花のなかで。おもいだした」

それを聞いたユースタスはハッと息を飲んだ。

金星は死後、美しい樹に変わった。桜はその花の蕾《つぼみ》から産まれてきた娘なのだ。

もしかして、桜には胎内の記憶があるのだろうか。

――あれほど焦がれていた母の記憶を、彼女は持っているのか。

「お花の中？　素敵ね」

ラシィの従姉妹はフフッと笑った。子どもの可愛い戯《ざ》れ言《ごと》と思っているのだろう。

村人たちは、砂鉄とユースタスを取り囲んで拝《おが》まんばかりだった。これから盗賊を退治できた祝いと、この赤ん坊の誕生祝いを同時にするらしい。

ラシィがユースタスの手を両手で握り、涙ながらに言う。

「私の子だけでなく従姉妹まで……感謝の言葉が見つかりません」

これ以上どうやって礼をしたらいいか分からないと嘆《なげ》くので、ユースタスはしばらく考え、手紙を書きたいと言った。

「手紙？」

「ここからでも郵便は出せますか？」

「はい、週に一度、配達人が回ってきます」

「では、便せんと封筒をお願いします」

そんなものがお礼でいいのかとラシィは困った顔になったが、すぐに持ってきてくれた。

ラシィの家の窓辺に座り、持ち歩いている筆記具を取り出す。

「ゆすたすちゃん、お絵かき？」

桜が肩越しにのぞき込んでくる。

「手紙を書くのだ。私の母に」

アデル様へ。

そう書き出した後、考え直し、お母さんへ、と書いた。

ふと気がつくと、砂鉄が側に座っている。

彼は無言でユースタスの顔を見ていた。

その目があまりにも優しいので、涙が出そうになる。

慌てて指で目尻をぬぐい、ユースタスは本文を書き出した。今、遠いパリで暮らすアデルに伝えたいことは一つしかない。

恨みも無い。憎しみも無い。母、という存在に対する思いだけだ。

お母さんへ

あなたは、この素晴らしい世界に私を連れて来てくれた人。

錆丸は、夏草と三月からロシア北部の小さな空港まで車で送ってもらった。

幼かった三月の記憶に残る菜の花畑。いつか見つかるといいのだが。

「じゃあね、桜の伯父さんたち。また日本で会おう」

「ああ」

返事をしたのは夏草だけだったが、桜という名を聞いて、三月が少しだけ微笑んだ。

もう大丈夫。あとは夏草に任せればいいだろう。

空港のロビーで二人に別れを告げた錆丸は、旧式の公衆電話が並ぶ中、一つだけ故障していないものを発見した。数枚のコインを無駄に吸い取られてようやく、伝言サービスにつながる。

旅の途中、砂鉄ユースタス組とはこれで連絡を取り合っている。いつもはユースタスの声が吹き込まれているのに、聞こえてきたのは桜のはしゃいだ声だった。

『パパ、はやく来てね！　グラナダの、おしろにいるからね！』

彼らはすでにスペインのグラナダに到着しているようだ。

そしてあの街のお城というなら、アルハンブラ宮殿のことだろう。内戦がようやく落ち着いたばかりのスペインだが、八年前に廃墟《はいきょ》だった宮殿は今、どのような状態なんだろう。

「さて、次はスペイン、スペインっと」

我ながら実に忙しい夏休みだ。航空券を発行してもらいながら、予算は気にしない気にしない、と自分に言い聞かせる。休みが終わったらまた、精一杯働けばいいのだ。

まずはモスクワへ飛び、ローマを経由し、それからグラナダへ。錆丸はどの飛行機でも熟睡し、乗り継ぎ空港ではうとうとしていた。

（俺もおじさんになってきたのかな……）

飛行機がグラナダに近づいてきた。空から見下ろす限りでは、街は平和だ。

空港に降り立ったとたん、錆丸は暑さに驚いた。つい先日まで北極圏にいたものだから、その落差でやたらと汗が出る。

手続きを済ませ、タクシーに乗り込んだ。

「アルハンブラ宮殿まで」

すると運転手が首を振る。

「お客さん、あそこは今、立ち入り禁止ですよ」

「え、そうなんですか？」

「まだ街の復興さえ完全に終わってないってのに、政府は宮殿を観光の目玉にしたいらしくてね。修復するってんで、調査やら何やらで一般人は入れない」

立ち入り禁止か。だが砂鉄とユースタスなら、それぐらいどうとでもするだろう。

「ええと、そばで外壁だけでも見たいんです。入り口近くまでお願いします」

車窓《しゃそう》から眺めるグラナダは、八年前とはだいぶ違っていた。

壁に砲弾《ほうだん》の跡は生々しいが、瓦礫《がれき》や土嚢《どのう》、バリケードなどはどこにも無い。何より、人々に笑顔が戻っている。カフェの軒先でお茶を飲む老人たちを見て、錆丸も嬉しくなった。

（あの時は、軍のお偉いさんと外国人記者しかカフェに入れなかったんだよなあ。市民はコーヒーを楽しむどころじゃなかった）

少しずつではあるが、内戦から立ち直っているようだ。早く本来の、歴史ある美しい街並みが蘇《よみがえ》ることを願いたい。

だが、高台にそびえるアルハンブラ宮殿だけは八年前と全く変わりが無かった。無骨《ぶこつ》で頑丈《がんじょう》な四角形、色合いも赤茶けていて素っ気なく、外観ではただの要塞《ようさい》にしか見えない。あれに信じられないほどの美の世界が内包《ないほう》されているなんて、世界七不思議に入れてもいいと思う。

宮殿につづく坂道の下でタクシーを降り、錆丸は石畳を昇った。

日差しは強いが空気が乾いているので、スーツでもそこまで暑くない。日本の夏より過ごしやすい気候だ。

宮殿の城門は相変わらず、今にも朽《く》ち果てそうな有様だった。だがその上に「立ち入り禁止」と書かれたテープが何重にも貼られている。さらに、二台もの監視カメラ。

その場にかがみ込み、注意深く観察した。

二人の大人と、子供が一人。砂鉄もユースタスも、錆丸のためにわざと足跡を残してくれたようだ。

「ってことは、あの監視カメラは作動してないんだな」

彼らのメッセージを有《あ》り難《がた》く思いながら立ち上がった、その瞬間だった。

子供の泣き声。

あれは――桜？

錆丸は慌てて城門をくぐった。

荒れ果てた庭を駆け抜け、石のホールを迂回《うかい》し、記憶を辿って大使の間へ向かう。声はそちらからだ。

「桜⁉」

錆丸が大使の間に飛び込むと、床に座り込んで大泣きする桜、それを必死になだめているユースタス、壁によりかかって煙草を吸う砂鉄がいた。

「どっ、どうしたの」

錆丸も慌てて桜に駆け寄った。

小さな両肩に手を置けば、涙と鼻水でぐしゃぐしゃの顔で見上げられる。

「きらいー、さてつ、きらいー」

「砂鉄、嫌い？」

錆丸は呆れて砂鉄を振り返った。

「桜に何したの」

「何もしてねえよ」

ボソッとそう言った彼は、悠然と煙草の煙を吐いた。説明する気はないらしい。

「うっ、うっ、パパぁ……」

抱き上げられた桜は、錆丸の肩に顔を押しつけ、また盛大に泣き出した。ぎゅっとしがみついてくる。

「ほらほら、おいで」

ユースタスも桜の背を撫でながら、困ったように言った。

「大したことではないのだが、桜と砂鉄で口論のようになって……」

「こうろんー？　七歳の女の子相手に、黒の二鎖が？」

今度こそ呆れ返り、非難を込めてそう聞くと、砂鉄はフイッとそっぽを向いた。

「俺は発言撤回《てっかい》しねえからな」

「ま、まあまあ砂鉄」

ユースタスが慌ててなだめ、説明してくれた。

二日前にグラナダに到着した三人は、八年前と同じアルハンブラ宮殿に滞在することにした。砂鉄が手を回して政府の修復調査はいったん休止させ、監視カメラには別映像を送り続ける細工をし、侵入した。

アルハンブラ宮殿の外観にがっかりしていた桜も、この中に入ると大喜びだった。野薔薇《のばら》が咲き誇る中庭《パティオ》、さざ波で空の色を映すプール、芸術的紋様《もんよう》の壁といくつものアーチ。桜が思っていた「おしろ」とは違うだろうが、この美しさは七歳児にも伝わったらしい。

そして桜には、大使の間で寝泊まりするのも新鮮だったようだ。昼はまだ復興中のグラナダの街を観光し、夜は宮殿でご飯を作り、寝袋で休む。桜は大喜びだったそうだ。

だが今日になって突然、彼女は何事か考え込むようになった。

ユースタスは優しく、どうしたのかと聞いてみた。

すると桜はいきなり、大声でこう言った。

——ゆすたすちゃん、桜のママになって！

ユースタスが呆気《あっけ》にとられていると、それにすかさず砂鉄が答えた。

——ぜーってえ、やんねえよ！

威嚇《いかく》するような砂鉄の声に桜は一瞬、固まった。そして、大声で泣き始めた。

「と、まあ、こういうわけだ」

ユースタスはまだ困り顔だ。ここまで泣き止まない桜を見るのは初めてで、どうしていいか分からないらしい。

説明を聞いた錆丸は、深いため息をついてしまった。

桜はおそらくこの旅で、「なぜか砂鉄と一緒だとユースタスと自分は母子に間違えられない」ことに気づいたのだろう。そして思い詰めたあげく、突然、ユースタス本人にママになってと頼んだのだ。

それに対して砂鉄が大人げなく拒否、桜は泣き続けている。そういう事態らしい。

（砂鉄も普段はクールなくせに、ほんっとなあ……）

錆丸は桜を揺すり上げ、背中をぽんぽんと叩いた。

「桜、あのね。ユースタスは砂鉄の奥さんだから、桜のママにはなれないの」

「どっ、どうして」

「桜のママになるには、パパの奥さんにならなきゃいけないの。でもユースタスはもう砂鉄の奥さんだから、それは無理。分かる？」

「うっ……うっ」

桜はしばらくぐずっていたが、そのまま眠ってしまった。泣き疲れたのだろう。

「さすが、父親は扱いに慣れたものだな」

「いやー、こんなに泣きじゃくったのは幼稚園以来だけどね」

隅の寝袋に桜を寝かせ、錆丸はユースタスから旅の話を聞いた。

上海《シャンハイ》では暁 玲《シャオリン》に大歓迎されたそうだ。錆丸が訪れた時と同じように、ずらりと並んだ料理に舞い踊る美女、氷の彫刻もあったそうだ。桜はあんぐり口を開け、大興奮していたらしい。

真臘では街の宿に滞在し、地元の案内人を雇って熱帯雨林の探索もした。極彩色《ごくさいしき》の花や鳥、蛇《へび》、吠《ほ》える猿、そのどれもが桜を魅了したらしい。特に巨大な蝶《ちょう》に驚いたそうで、日本に帰ったら昆虫博士になる、と宣言したそうだ。

吐蕃では以前も世話になった村長の家に泊めてもらった。ラシィとその夫は大歓迎してくれ、ユースタスが名付け親となった彼らの娘エリと桜はすぐに仲良くなり、元気に村を駆け回っていたそうだ。

そして驚いたことに、あの村から登ったところにある寺院には、八年前に錆丸たちを助けてくれた元フランス空軍パイロットのアンリがいたそうだ。仏教に帰依《きえ》した彼は医学を修め、寺院で人々を助けているという。

「へー、みんな色々と環境も変わったんだねえ」

「今回の旅で会った人々はみな、あの金星特急の事件に多大なる影響を受けている。だが、それは全て良い方向のように私には思えたな」

二人で話し込んでいると、桜がのそのそと起きだしてきた。無言で錆丸の膝の上に座るので、頭を撫でる。

「お腹空《す》いた？　ご飯にしようか」

「パパ。ゆすたすちゃんは、おくさん、なのね？」

「そうだよ」

なるべく優しく言った。時間をかければ、ユースタスがママにはなり得ないことも分かってくれるだろう。

だが桜は、別の疑問を抱いていたらしい。難しい顔で尋ねる。

「さてつと、ゆすたすちゃんは、コイビトよね？　けっこんじゃないよね？」

「あ、あー、そっちか」

砂鉄とユースタスは事実上夫婦のようなものだから、さっき錆丸は『奥さん』という言葉で説明した。だがこれまでは『砂鉄とユースタスは恋人同士』と聞いていたので混乱したようだ。

「そうだなー、恋人同士なんだけど、一生を誓《ちか》い合った仲だから夫婦みたいなもんっていうか……っていうか、二人は誓い合ってるよね？」

錆丸が砂鉄とユースタスを見比べると、二人とも少しだけ、目を見開いた。

ユースタスが少し照れながら答える。

「あ、ああ」

錆丸も詳しくは聞いたことがないが、砂鉄が目の手術を受ける時、ユースタスが『家族』としてサインをしたそうだ。事実上、それが誓いと言っていいだろう。

だが桜にはまだ不思議なようだ。

「おくさんで、コイビトなの？　コイビトでおくさんなの？」

「うーん、恋人が奥さんになったよ、みたいな感じかな」

「けっこん式は？」

「え」

桜は真剣な顔で大人三人を見回した。

「けっこん式しないと、コイビトはおくさんになれないよ」

桜はユースタスに向かい、きっぱりとこう言った。

ウェディングドレスを着て、たくさんの人の前でキスをし、大きなケーキを切らなければ結婚できない。桜はそう思い込んでいる。

だが七歳児に、事実上の夫婦というのもあるんだよ、とどう説明していいか分からない。

ユースタスが苦笑しながら言った。

「桜。砂鉄と私の誓いは、お互いの心の中にある。だからわざわざ、結婚式をしなくてもいいのだ」

だが桜は譲《ゆず》らなかった。

「しなきゃダメだよ！　ゆすたすちゃん、ウェディングドレスをきないとダメだよ！」

錆丸の膝から立ち上がった桜はユースタスの手を取り、真剣な顔で説得した。

「白いドレスで、ケーキ切ろうよ。いーっぱい人をよんで、みんなの前でキスしようよ」

「いや、それは……」

ユースタスは桜の勢いに戸惑っている。

彼女はともかく、大勢の招待客の前でキスをご披露《ひろう》するなんて式は砂鉄が絶対に嫌がるだろう。錆丸だってそんな晴れ舞台で笑顔の砂鉄なんて想像も出来ない。

なかなか引き下がらない桜をユースタスから引きはがそうとしていると、砂鉄がボソッと言った。

「お前はどうなんだ。ドレスを着てえのか」

「えっ」

ユースタスが驚いて砂鉄を振り返ると、彼は新しい煙草に火をつけ、一息吐いてから続けた。

「お前がドレスを着てえなら、俺は構わねえぜ。写真ぐらい撮ればいい」

砂鉄の目は優しかった。

ユースタスを甘やかしたい、そんな気持ちがにじんでいる。

「……私は……」

うつむいた彼女は、小さな声で言った。

「今まで本当に、そんなことを考えたことも無かったのだ。だが、たったいま君にドレスを着たいかと聞かれて、一瞬、自分のその姿を思い浮かべてしまった」

ユースタスは、まるでそれが自分には過ぎた贅沢《ぜいたく》だとでも考えているようだった。砂鉄さえいれば、他は何も望まない。そう思っていたのだろう。

錆丸は提案した。

「じゃ、今晩ここで結婚式しない？」

「えっ」

「街でドレス買ってきて、夜を待ってさ。今晩は満月だし、あの天人花《アラヤネス》の中庭《パティオ》なんかちょうどいいんじゃないかな。招待客は俺と桜だけ」

「今からけっこん式！」

桜がぴょんと飛び上がり、呆然としているユースタスに抱きついた。

砂鉄が錆丸に向かって自分の財布を放り投げる。

「よし、チビ。街で必要なもん調達してこい。いくら使ってもいい」

「いい加減そのチビ呼び止《や》めてくんない？　――じゃ、桜、パパと買い物行こう」

錆丸は桜の手を引き、さっさとアルハンブラ宮殿から出た。ユースタスに考える時間を与えてはいけない。

親子でグラナダの街を歩き回り、アンティークの素敵なドレスを発見する。とんでもない値段がしたが、砂鉄の財布だし遠慮無く使うことにした。

桜は巨大なケーキを欲しがったが、この街には無いことを説明し、代わりに砂糖菓子をいくつか買った。

そして錆丸は自分の金で、桜にも可愛いドレスを買った。旅行中はなかなかお洒落《しゃれ》できなかかったので、桜は大喜びだ。

他にも細々とした買い物をし、夕暮れ時、二人はアルハンブラ宮殿に戻った。

二人が城門をくぐったとたん、ユースタスが飛び出してくる。ひどく焦った顔だ。

「さ、錆丸、私はその、ドレスなど――」

「もう買っちゃったし」

「いきなり結婚式と言われても」

「砂鉄と二人で誓い合ったから必要ないって？　結婚式ってのはその誓いを他人に見せる儀式でもあるんだよ。俺と桜が証人になるから」

「だが」

必死に言いつのる彼女に構わず、錆丸はユースタスと桜を離宮に通じる水路橋へと連れて行った。山脈からの綺麗な水が引かれているところだ。

「はい、ここで桜と一緒に水浴びしてね」

「錆丸」

「乾いたら、このドレスに着替えて王の間に来て。あそこを花嫁控え室ってことにするから」

「そんな」

あたふたするユースタスを放置し、錆丸はさっさと天人花の中庭へ行った。買ってきた庭道具で、野薔薇を刈り込んでいく。野放図に咲き誇るのも魅力的だが、せっかくのドレスに棘《とげ》が引っかかってはかなわない。

その作業に没頭《ぼっとう》し、ふと気がつけば辺りはもう暗い。

「そろそろ大丈夫？」

王の間をのぞくと、ユースタスが情けない顔で座り込んでいた。隣の桜はきちんとおめかししているのに、まだ普段着のままだ。

錆丸は両手を腰に当てた。

「いい加減、観念したら？　砂鉄が買ってくれたドレスだよ」

彼女はうつむき、小さな声で言った。

「……たぶん私は、怖いのだ。私は、父にも、実母にも捨てられた。そんな自分が結婚式などあげて、人並みの幸せを得ても、すぐになくしてしまいそうで」

その気持ちは分かる。

人は、心から誰かを愛した瞬間から、それを失うことに怯《おび》え出す。金星を得てすぐに失った錆丸は、桜を失うことにもまた、常に怯えている。

だが、怯えているだけでは進めない。

「じゃあ、俺がこのドレスに魔法をかけてあげる」

「えっ、パパってまほうつかえるの⁉」

「そうだよ、見てて」

桜の好きな魔法少女アニメを思い出し、そーれっ、と杖《つえ》を振る真似をした。

「これを着れば、ユースタスは砂鉄のことを信じられるようになります」

錆丸はドレスの包みを解《と》き、笑顔でユースタスに差し出した。

「幸薄かったユースタスが砂鉄を失うのを恐れているのは、あっちだって分かってるでしょ。だからこそ砂鉄は、全力で君を守ろうとしている」

ユースタスは錆丸を見上げた。青い目が不安に揺れている。

「そんな砂鉄の努力を信じてあげて。彼は、君を守るためなら世界だって敵に回すよ」

昔、金星のためなら世界を敵に回しても構わないと思っていた自分。あの時の気持ちだけは、忘れたくない。

やがて、ユースタスの白い手がそっとドレスを受け取った。小さく呟く。

「ありがとう」

錆丸が王の間を出て待っていると、十分ほどで桜が呼びに来た。

「ゆすたすちゃん、とーってもキレイよ！」

「入るね」

薄暗い部屋の中央に、真っ白いドレスのユースタスが立っていた。

——美しい。

思わず驚嘆《きょうたん》するほどに、美しい。

自分が見ても感心するのだから、砂鉄はいかほどだろう。すらりとした彼女によく似合う、レトロで優雅なデザインを選んでよかった。

錆丸は彼女を座らせ、髪を結い上げ、メイクを施《ほどこ》した。遊郭《ゆうかく》育ちなので、この手のことならお任せだ。

大人しく紅《べに》をさされるユースタスに、錆丸は言った。

「ようやく、度胸《どきょう》決まったみたいだね」

すると彼女はうっすらと笑った。

「私も彼のためなら世界中を敵に回しても構わない。何だ、私も砂鉄も同じではないかと気づいたら、急に怖くなくなった」

「よかった」

ヴェールをかぶせ、彼女に野薔薇のブーケを渡した。

「さっき作ったものだけど。ユースタスの瞳の色に合うのを集めてみたよ」

「ありがとう」

錆丸はユースタスの手を取り、王の間を出た。

桜がキレイキレイとはしゃぎながらユースタスの周りをくるくる回る。

三人は円柱の立ち並ぶ回廊を抜け、噴水を通り過ぎ、天人花の中庭に入った。

すでに月が昇っていた。

アーチの連なる宮殿、それを映すプール、水面の月、立ちこめる野薔薇の香り。八年前と同じだ。

砂鉄は、一番奥の中央アーチの下に立っていた。

正面に現れたユースタスを、ただじっと見つめている。

「このプールの縁の回廊をバージンロードってことにしよう。俺がユースタスの手を引いて砂鉄に渡すんじゃ何か違うと思うから、一人で砂鉄のところまで歩いてね」

彼女の手を放し、砂鉄へと送り出した。

ゆっくりと歩を進める白いドレスが水面に映り、まるで月の上を通り過ぎているようだ。

彼女が砂鉄の前に立つと、錆丸と桜も近くへと移動した。二人だけの招待客だ、きちんと見届けなくては。

砂鉄がユースタスのヴェールをめくる。

ユースタスが砂鉄を見上げる。

ただそれだけの仕草が、どんな愛の言葉よりも雄弁《ゆうべん》だった。

錆丸は小さく咳払《せきばら》いし、神父の代役をした。

「では、新郎。誓いの言葉を」

すると当の新郎が振り返る。

「誓いの言葉って何だよ」

「正式なの分かんないから、砂鉄がユースタスに誓いたいこと言えばいいよ。神様じゃなくて、お互いに誓い合うってことで」

「そうか」

砂鉄はユースタスを真っ直ぐ見下ろした。迷いの無い声で言う。

「一人にはさせねえ。もし俺が先に死にそうになったら、お前を殺してから一緒に逝《い》く」

――何て恐ろしい結婚の誓いだ。

だがこの二人にはふさわしい。

錆丸はユースタスに言った。

「新婦。誓いの言葉を」

ユースタスはしばらく砂鉄を見上げていた。

ふいに彼女の胸元から銀魚《ぎんぎょ》が飛び出し、二人の周りをゆっくりと回る。

銀の光に囲まれて、彼女は微笑んだ。

「君に殺される瞬間を楽しみにしている。その時まで、ずっとずっと一緒にいよう」


大西洋を望むロタ岬《みさき》は、ポルトガルの端っこにある。

ここに地終わり海始まる、と言われる場所で、ユーラシア大陸の最西端だそうだ。

錆丸は桜と手をつなぎ、水平線を眺めていた。

八年前、金星特急はここから海に飛び出し、「どこでもないところ」へ消えた。もう二度と行くことが出来ない、あの場所へ。

錆丸は時々、夢に見る。あの緑の美しい場所で、金星が楽しそうに笑っている。隣にはアルベルトと彗星《すいせい》がいて、アルベルトがしゃべり過ぎるものだから彗星がうるさいと怒りだし、それを見て金星はまた笑う。

彼女があの場所で自分と桜を待つ間、そうやって楽しく過ごしていてくれればいいと願う。

「キレイだったねえ、ゆすたすちゃん」

桜はあの夜のことがよほど印象的だったらしく、グラナダで二人と別れてからずっと同じ事を言っている。自分もあんなドレスが欲しいそうなので、大人になったらね、とだけ返した。

桜が誰かに嫁《とつ》ぐ日も、いつかは来るのだろう。

それが自分と金星のような、砂鉄とユースタスのような、そんな恋愛の末であって欲しいと願う。

「桜、新しいママが欲しい？」

友人知人からはよく再婚を勧められる。錆丸にその気は無いし、両親だって本人の意志に任せていると言ってくれているのに、決まって「娘さんのためだから」と押しつけようとするのだ。

「パパが他の女の人と結婚しても、いいの？」

桜は難しい顔で考え込んだ。

しばらくの沈黙の後、ようやく答える。

「分かんない」

自分にもママが欲しい。だがそれはパパと他の女の人の結婚になる。それがどういうことか、想像がつかないようだ。

グラナダの空港で分かれる前、錆丸はユースタスからこう言われた。

――錆丸。桜には金星の胎内にいたころの記憶がある。彼女はちゃんと、恋い焦がれるママのことを覚えているんだ。


それを聞いた錆丸の目に、涙が滲んできた。

覚えていた。

ああ、桜は母を覚えていたのだ。

「ねえ、桜。ママはね、命がけで桜を産んだんだ。自分の命と桜を交換したんだよ」

錆丸が金星の胸を貫《つらぬ》いたことは、言わないでおいた。彼女の意志も、錆丸の決断も。

それよりも大事なのは、桜がここにいる意味を教えることだ。

「……桜がいるから、ママがいなくなったの？」

「違うよ。ママがいなくなったから、桜がいるの。パパがどれだけママのことを好きだったか知ってて、宝物を残してくれたの」

「そうなの」

桜はしょんぼりとうつむいた。

どう説明したところで、自分にママがいないのは自分のせいだと感じてしまうだろう。

だが、どうしても分かって欲しかった。

しゃがみ込んで、桜の目を真っ直ぐに見る。

「ママはね、死んじゃったけど、いるんだ」

「いるの？　どこに？」

「パパの中に。だからいつでも会えるんだ」

「……でも、桜には見えないもん」

「じゃあ今から、桜の中にもママを作ってあげるね」

金星はどんな女の子だったか。どうやって出会い、恋をし、桜が生まれたか。

この旅の終着点であるここで、それを一つ一つ教えてあげよう。桜の中に、ママの像が生まれるまで。

ポケットから小さな箱を取り出した。

桜の前でひざまずき、蓋《ふた》を開けて差し出す。

「はい、これ桜にプレゼント」

砂漠の薔薇《ばら》だった。

砂の中で生まれる鉱物《こうぶつ》の結晶だ。

「パパがママにプロポーズした時ね、この花をこうやって渡したんだよ」

金星の手のひらの上で、砂漠の薔薇は本物の花になった。真っ白い、美しい花だった。

「そして、パパがママの手を握って、こう言ったの。——金星、愛してる」

「金星」

桜がそう繰り返した。

以前、ママの名前はと尋ねられた時に「金星だよ」と教えたことはある。だがそれ以降、その名を呼ぶことはなかった。ずっと、ママと呼んでいた。

「そう、金星。その女の子に会うためにパパは長い長い旅をしたんだ」

まざまざと思い出せる旅のシーン。これらを交えながら、錆丸は今から語り手になる。

「桜、今からパパの大冒険を語ってあげるね。タイトルは——金星特急」

…
イラァ
砂鉄ちゃん
キライ!!
砂鉄
大人でしょ
スッ
桜の敵はオレの
止めろ
三月

柔らかい繭

『エウロペの誘拐』。

そう題された絵を錆丸《さびまる》はじっと見つめていた。ぐっすり眠り込んだ桜《さくら》を腕に抱いたまま、かれこれ三十分はこのギャラリーに立ち尽くしている。

絵の中では、美しい乙女エウロペが白い雄牛《おうし》の背に乗り連れ去られようとしている。水辺では彼女の侍女《じじょ》たちが驚き、叫んでいるが、雄牛は知らん顔だ。

解説パネルによると、全能の神ゼウスはフェニキアの王女エウロペに一目惚れし、真っ白い雄牛に姿を変えると、侍女たちと花を摘《つ》んでいた彼女に近づいた。大人しくて優しい雄牛のふりをしていたので、エウロペは安心して彼に触れ、その背に乗った。とたんに雄牛は走り出し、彼女を乗せたまま海を越えた。そのシーンを描いたものらしい。

ギリシャ神話を題材にしているとはいえ、錆丸はゼウスに本気で腹が立って仕方がなかった。若くうるわしき王女に一目惚れしたのまではまだいい。自分だって絶世の美女である金星《きんせい》に一目惚れしたのだから。

だが彼女に近づくため、わざわざ珍しい白い雄牛に変身したというのが許せない。しかも、人畜無害なふりをして無垢《むく》な乙女を騙《だま》すなんて。

（娘を持つ全ての父親の敵だ、ゼウスは）

憤《いきどお》りを覚えつつ絵の中の雄牛をにらんでいた錆丸は、すやすや眠る桜へと視線を落とした。丸くあどけない頬をじっと見つめる。

彼女もいずれ、美しく成長するだろう。きっと色んな男に目をつけられる。

その中に、下心を覆い隠して誠実な男を演じる奴がいたとしたら。桜を騙し、もてあそぶのが目的の外道《げどう》だったとしたら。

想像しただけではらわたが煮えくりかえりそうで、もしそんなのが現れたら「三月《さんがつ》、GO！」とやってしまいそうな自分がいるが、現実では娘に近づく外道をいちいち兄に殺させるわけにはいかない。自分が大富豪かマフィアの親玉なら娘にボディガードをつけるところだが、あいにく一般人なので、ただひたすら娘の心配をしながらも、なるべく目を離さないぐらいしか出来ない。

錆丸が何より心配しているのは、桜の素直さだ。

周囲から大きな愛情を受けて育った桜は、人を疑うことを知らない。その愛らしさで誰からも好かれるし、嫉妬から意地悪をする子とも、いつの間にか仲良くなっていたりする。自分が周りの人間をとても好きだから、周りの人間も自分を好きだろう。そう信じている。

それは桜の長所でもあるのだが、脅威《きょうい》ともなりうる。悪意を隠した人間にのこのこついて行き、体も心も傷つけられることは十分、考えられるのだ。

男はみんな狼である、という教訓をいったい何歳から教えればいいのか、錆丸が真剣に考えていた時だ。

「レンブラントがお好きなの？」

声をかけられて隣を見ると、さっき、このヘルシンキ空港のビュッフェで会った中年の女性だった。

ベビーカーに乳児を乗せており、大荷物で大変そうだったので、錆丸が彼女のトレイをテーブルまで運んだ。その彼女と再び、出発ロビーの小さなギャラリーで遭遇したのだ。

夏休み中で家族連れが目立つ中、お互いに父一人、母一人で子供を連れているため、何となく通じ合うものがあった。桜が二歳まで使っていたベビーカーと同じメーカーだったのも親近感がわいた。

「レンブラントっていうんですか、この画家」

「それは模写《もしゃ》だけどね。ここにあるのは全部、ギリシャ神話を題材にした有名な絵の模写よ」

「へえ」

錆丸にとっては、この絵のオリジナルが誰であろうと題材が何であろうとどうでもよいことだった。ただただゼウスという神様が許せないのだが、初対面の女性にそれを説明するのも何なので、適当に相づちを打つ。

彼女は錆丸の腕で眠る桜の顔をのぞき込み、微笑《ほほえ》んだ。

「ぐっすりね」

「さっきキッズコーナーのムーミンに大興奮してはしゃいだから、スイッチ切れちゃって。本当はフライト中に眠って欲しいんですけど」

「どちらまで？」

「日本に帰国です。ポルトガルからの乗り継ぎで」

金星特急をめぐる旅を終えた桜を日本に連れて帰るにあたり、錆丸はフィンランドのヘルシンキ経由便を選択した。他にもヨーロッパ各国や中東から乗り継ぎ便は出ていたのだが、フライト時間が最も短いのがこのルートだったのだ。

「そちらは帰国ですか、出国ですか」

「出国よ。ロンドンまで」

では、この母子はフィンランド人か。

ヘルシンキからロンドンまでならせいぜい三時間ほどだろうが、乳児連れで飛行機に乗るのは大変だろう。イギリスに祖父母でもいるのだろうか。

お互い出発まで二時間近くあるということで、彼女に誘われて一緒にカフェに入った。

彼女はヘルミ、十ヵ月の娘はソフィアというそうだ。家庭の事情を無遠慮に尋ねてこないのはいかにも北欧人らしい慎重さだったが、どちらの子もぐっすり眠り込んでいる間、ヘルミとのおしゃべりは弾《はず》んだ。錆丸が「この子に死別した母親と自分が出会った旅を再現してみせた」

と言うと、彼女は驚いた後、何て素敵な計画なの、と笑った。

「うちは離婚したのよ。高齢出産で出来たこの子が特殊な難病だと分かってから、夫とぎくしゃくしてしまって。君を責めたくないから別れるんだ、なんて言われたけど、じゅうぶん責めてるわよね」

それには同情した。

十ヵ月ですでにソフィアの難病が判明しているなら生まれつきだろうが、彼女の遺伝子は父と母の両方から受け継いだものだ。それなのに母親だけに責任があるかのような元夫の言い草は、他人事《ひとごと》ながら腹が立つ。

すると、ヘルミは気を取り直したように言った。

「それでも、養育費も医療費も十分すぎるほど送ってくれるのよ。だからこうして、ロンドンの有名な小児科医へも行けるの」

「娘さんをお医者さんに連れて行くところだったんですか……」

錆丸はベビーカーで眠るソフィアに目をやった。

見た目は何の異常も感じられないが、この小さな体が難病と闘《たたか》っているなんて。健康体の桜でさえ乳幼児の頃はすぐ熱を出して大変だったし、同じ子を持つ親として、ヘルミの苦労がありありと想像できる。

その時、ソフィアの目がうっすらと開いた。

ヘルミそっくりの青い目はぼんやりと宙を見上げたまま、全く動かない。首を動かすことも、手足をバタバタさせることもない。ただ、目を開いて静かに呼吸をしているだけだ。

「この子、笑ったことがないの」

ヘルミが呟いた。

「普通の子は、二、三ヵ月ぐらいで初めて笑うでしょ。両親の顔を見分けて、声も聞き分けて、何でも楽しくて。でも、この子は笑わない」

ソフィアの難病がどんなものかは分からないが、我が子の笑顔を見られない辛さは痛いほど理解できる。疲れも吹っ飛び、この先何十年だって我が子を守ると決意を新たにする、あの笑顔。

すると、今度は桜が錆丸の腕の中でもぞもぞ動いた。

目をしょぼしょぼさせながら辺りを見回し、場所が変わっていることに気づく。ここどこ、と聞くので、お茶してるんだよ、と答えた。

そこでようやく、桜は自分たちの前にヘルミ親子がいるのに気づいた。

「さっきの赤ちゃんとお母さん！」

桜はすぐに、二人がビュッフェで会った母親と赤ん坊だと分かったようだ。笑顔でベビーカーに手を振っている。

彼女の人なつっこさにほだされたかのように、ヘルミは微笑んだ。

その目は優しかったが、わずかな羨望《せんぼう》が浮かんでいた。健康体の女の子をどうしても羨《うらや》ましく思い、我が子と比べてしまう。それはソフィアへの否定になりかねないので、そんな気持ちを抱いてしまった自分を責める。彼女の複雑な表情からは、そう感じられた。

だが出会って間もないヘルミが、誠実で責任感のある人物だとは見て取れた。身なりにも言動にも清潔感があり、信頼がおけそうだ。

錆丸は小さく咳払《せきばら》いし、桜の頭にぽんと手を置いた。

「ヘルミさん、俺がお手洗いに行く間、桜を見ててもらえますか？」

「あら、もちろんいいわよ」

「実は男親が娘を連れて旅行する時、一番大変なのがトイレなんです」

桜が女子トイレに行く分には何の問題もない。最近は大人用の手洗い台にも背伸びして届くようになってきたそうだ。

だが錆丸が男子トイレに入っている間は、桜を外で一人、待たせることになる。

簡単に知らない人について行ったりはしないが、やはり彼女の素直さは心配で、甘言《かんげん》に惑わされたり、最悪、力尽《ず》くで拉致《らち》される可能性もある。男女両方のトイレが並んでいる場合は錆丸が男子トイレに入っている間、桜を女子トイレで待機させることもできるが、店にトイレが一つしか無いような場所では困るのだ。

するとすると桜はさっそく錆丸の腕から降り、ベビーカーへと近づいた。

「おばさん、赤ちゃん触ってもいい？」

無邪気に見上げられ、ヘルミは思わずといった顔で笑った。

「いいわよ。ソフィアにご挨拶《あいさつ》してね」

「あ、待って桜。赤ちゃん触る前に除菌《じょきん》ティッシュね」

金星特急を辿る旅で吐蕃《とばん》に寄った際、桜は生後二日という新生児を見たらしい。よほど感動が大きかったらしく、街でもホテルでも赤ん坊を見かけると「可愛いね」と言うようになった。

桜がソフィアの小さな小さな指をそっとつつくのを見ながら、錆丸は席を立った。ヘルミになら少しの間ぐらい桜を任せても大丈夫だろう。

それでもやはり会ったばかりの他人に娘を預けるのは気にかかる。カフェを出た錆丸は出発ロビーのトイレで用を足すと、急いでヘルミの元へ戻った。

そして仰天《ぎょうてん》した。

ヘルミが両手で顔を覆《おお》い、肩を震わせている。

その手は涙で濡れ、嗚咽《おえつ》が漏れていた。

桜は困った顔で錆丸を見上げた。彼女の人差し指はソフィアの小さな手にしっかり握られたままだ。

「ど、どうしたんですか、ヘルミさん」

錆丸は素早く周囲を見回したが異常は無い。さっき席を立った時と変わったのは、ヘルミがなぜか号泣《ごうきゅう》している、それだけだ。

彼女は何か言おうとしたが、しゃくりあげてまともに話せなかった。何度か口を開いては閉じ、ようやく言葉になる。

「ソ、ソフィアが」

「ソフィアちゃんがどうかしましたか」

錆丸は心配になってベビーカーをのぞき込んだが、ソフィアが桜の指を握りしめていること以外、何もおかしなことはない。

「桜、ソフィアちゃんどうかしたの？」

そう尋ねると、桜は困惑して答えた。

「ううん。私が指を出したら、ソフィアちゃんがギュッてしただけだよ」

すると、桜の言葉に続けてヘルミが言った。

「――そして、笑ったの」

彼女は泣き笑いの表情だった。

涙でぐしゃぐしゃになった顔で、ソフィアの頰にそっと手を伸ばす。

「桜ちゃんの指を握りしめて、ソフィアが笑ったの」

十ヵ月笑わなかった赤ん坊が、初めて笑った。それでヘルミは号泣していたのか。

異常事態ではないことにホッとした錆丸は、桜の頭にそっと手を置いた。

「桜、ソフィアちゃんと一目で友達になれたんだね」

「そうかな？」

このタイミングでソフィアが初めて笑ったのは、単なる偶然だろう。

言葉と同じで笑顔を見せるのも早い子と遅い子がいるらしいし、おそらくソフィアは単に笑うのが苦手な赤ん坊だっただけだ。一度笑い方を覚えれば、すぐにちょっとしたことで声をあげて笑うようになるだろう。

だがヘルミにとっては、偶然出会った異国の女の子が娘を笑わせてくれたように見えたのだろう。

ヘルミの泣き濡れた瞳が、桜を見つめた。

「この子は天使よ」


夏休みの旅を終え、親子で帰国してから二ヵ月ほどが過ぎた。

桜は間近に迫った運動会に向け張り切っているし、両親が経営する理容院もおしゃべり目的の常連で賑《にぎ》わっている。錆丸のバーも、店主が長期休暇を取っていた時間を取り戻すかのように馴染みが押し寄せて繁盛《はんじょう》していた。ヘルミ親子のことは時々思い出してはいたものの、日常に忙殺《ぼうさつ》されて薄れかけていた。

水曜日の夜だった。

そもそも平日の週半《なか》ばは客が少ないというのに、秋の台風が近づいてきている。箱根方面には大雨注意報が出ているし、横浜も雨足が強まってきた。売上は期待できなそうだ。

だが、こんな日だからこそと飲みに来てくれる常連もいる。彼らのために一応、グラスを磨《みが》きながら店は開けておく。

誰も来ないまま午前零《れい》時近くなり、錆丸がさすがに店を閉めようか考えていた時だった。

「やっほ」

突然、ドアが開いたかと思ったら意外な客が入ってきた。——赤の一鎖《いっさ》、雷鳥《らいちょう》だ。

「こんな時間に悪いな」

続いて顔を出したのは、彼女の部下であり「連れ合い」でもある赤の二鎖《にさ》、無名《むみょう》。夏休みに月氏《げっし》の幕営地《ばくえいち》で会った時より、格段に顔色がよくなっている。

「おや、おそろいで」

この二人は、砂鉄《さてつ》とユースタス、三月と夏草《なつくさ》ほどの頻度《ひんど》ではないものの、仕事のついでに横浜に来ることがある。上海《シャンハイ》のマフィアに気に入られているらしく、ここ数年よく極東《きょくとう》を訪れるのだ。

正直、売上ゼロも覚悟していた夜に鯨《くじら》のごとく酒を飲む雷鳥が来てくれたのはありがたい。

いつも店中の酒を飲み尽くしたあげく、気前よく払ってくれる。

「最近ずっと上海でさ、中華料理も飽きたし錆丸んとこで何か食べようかって話になって」

トレードマークの真っ赤な口紅で笑う雷鳥の隣で、無名が軽く肩をすくめた。

「飽きたってわりに、満漢全席《まんがんぜんせき》たいらげてましたよね、あんたは」

満漢全席でマフィアからの接待か、さすが赤の一鎖と二鎖だ。錆丸は苦笑しながら尋ねた。

「雷鳥様はカルタゴの出身だったよね。地中海料理なんてどう？　ちょうどクスクス仕入れたし、牛ほほ肉のいいのがあるんだ」

「いいねー」

そう答えながら、雷鳥はすでに酒瓶《さかびん》の棚をあさっていた。氷も炭酸《たんさん》も要求せず、強い酒を勝手にストレートでぐいぐいあおる客なので、こちらも手間がはぶけて楽だ。

「雷鳥様、ユナートは元気？」

「元気、元気。離乳食がつがつ食べて、もりもりウンチするのさ」

この前、無名が初めてユナートを実家に連れ帰ると大変な騒ぎになったらしい。無名があの雷鳥に子供を産ませたとのニュースは草原を駆け巡り、近隣の部族が大集結してお祭りまで開かれたそうだ。無名は苦笑した。

「俺の両親にとっちゃ初孫だからな。もうメロメロって感じだ」

無名の母と義父はユナートをかいがいしく世話してくれているそうだ。弟や妹たちも初めての「甥《おい》っ子」に夢中で、おしめを替える順番で揉《も》めては、羊の骨のサイコロで決めているらしい。

そう報告する無名は、父親の顔だった。

しっかり者の彼のことだ、若いうちに傭兵《ようへい》業でガンガン金を稼《かせ》いで、ユナートの将来に備える計画でも立てているだろう。

(俺も、桜が生まれたばっかの頃はこんな顔してたのかなあ)

息子と娘では感覚が違うかもしれないが、無名もユナートの成長で一喜一憂《いっきいちゆう》だろう。相変わらず豪放磊落《ごうほうらいらく》な雷鳥も、息子には好かれる肝《きも》っ玉《たま》母さんになりそうな気がする。

どちらに似るだろうか。月氏で一番女にもてると言われる雷鳥と、冷静で賢い無名。ユナートが二人のいいとこ取りならば、とんでもない男前に育つかもしれない。自分で子供を育てていると、他人の子でも成長がとても楽しみだ。

彼らは明日の飛行機で月氏の幕営地に戻る予定だったが、台風で欠航《けっこう》になったそうだ。どうせ他に客はいないし、三人で飲み明かすことにする。

雷鳥は出産してから食の好みが変わったとは言っていたが、やはり豪快に飲み食いしていた。無名がセーブしながら飲んでいるのは、彼女が大虎《おおとら》になったらホテルまで引きずっていくためだろう。

雨風の音が強まってきたが、店内には雷鳥の笑い声が響いていた。彼女がいると、どんな場所でも空気が明るくなる。

店主であることも忘れて錆丸も楽しく飲んでいた午前四時のことだった。

ふいに、新しい客が入ってきた。二人だ。

「いらっしゃい」

愛想《あいそ》良く言った錆丸だったが、その二人には違和感を覚えた。

ラテン系の顔立ちで、外国人らしい。だが奇妙なのは、二十歳《はたち》そこそこの若者と十歳ほどの子供という組み合わせだったことだ。二人ともずぶ濡れになっているが顔立ちはそっくりで、年の離れた兄弟に見える。

若者一人ならば観光客が迷い込んだと思うところだが、こんな時間に小さな子を酒場に伴《ともな》ってくるなんて。しかしその非難じみた感情はおくびにも出さず、にこりと微笑む。

「濡れましたね。どうぞ、使って下さい」

錆丸がタオルを差し出すと、若者と子供は無言で体を拭《ふ》いた。十月とはいえ明け方は冷える。二人とも唇が真っ青だ。

「温かいもの、飲みますか?」

「お願いします」

若者が答えた。妙に錆丸の顔をじっと見ている。

出された鶏《とり》とネギのスープを、二人は無言ですすった。時折、若者がちらりと雷鳥と無名に目をやる。他の客の存在が気になるようだ。

若者はなぜかそわそわしており、子供はむっつりとうつむいている。何やら訳ありのようだ。

やがて、若者が意を決したように口を開いた。

「あの、錆丸さんってあなたですか？」

「はい、ここの店主です」

彼らはどうも錆丸を訪ねてきたようだが、全く心当たりがない。誰かからこの店のことを聞いてきたのだろうか。

若者はホッとした顔になった。

「よかった。成田からタクシーで来たんですが、この店から離れたところで降ろされてしまって。住所を頼りにうろうろしていたら、こんな時間になりました」

「成田から横浜までタクシーで？」

驚いて思わず聞き返してしまった。数万円はかかっただろうが、彼らは外国から日本に到着するなりこの店を目指したようだ。いったい誰なのだろう。

「ニューヨークからの深夜の到着便だったんですが、どうしても始発が動くのを待てなかったんです。あの……娘さんはいらっしゃいますか？」

今度こそ錆丸は面食らった。

バーに珍客が来るのはままあることだ。だが、ニューヨークから訪れた彼らの目的が、桜？

錆丸は笑顔を崩しはしなかったが、警戒心をこめて尋ねた。

「娘のことを誰から聞いたんですか？　失礼ですが、あなた方はどなたです？」

すると若者は慌てた顔になった。

「あ、すみません、その、僕はロンドンで――」

「ロンドン？」

「ヘルミさんからあなたの話を聞いて、あの、娘さんがいらっしゃると」

若者の話はさっぱり要領を得なかった。ヘルシンキ空港で会ったヘルミのことは覚えているが、彼女と彼らが全く結びつかない。

すると子供が若者の袖《そで》を引っ張った。

「駄目だよ、ダリオ。最初からきちんと説明しないと、錆丸さんが困ってる」

「チコ」

チコと呼ばれた子供は、雷鳥と無名へ顔を向けた。

「楽しく飲んでいたのに邪魔してごめんなさい。少し、僕たちが錆丸さんとお話させてもらっていいですか」

子供らしからぬ物言いのチコに、雷鳥はひらひらと手を振ってみせた。

「いーよいーよ、こっちは酒さえ飲めれば。もし錆丸と内緒の話がしたいなら、あたしら席を外すけど」

「いえ、大丈夫です。今から僕が話すことなんて、どうせ誰も信じてはくれません。お姉さんとお兄さんも、酒の席の戯《ざ》れ言《ごと》として聞いて下さい」

鋳丸はますます面食らった。

彼らは「どうせ誰も信じない」「酒の席の戯れ言」を話すためにニューヨークから日本に来て、タクシーで横浜まで駆けつけたのか？

どこか落ち着きの無いダリオと違い、子供のチコの方がよほど大人びた表情だ。彼は鋳丸が出したほうじ茶を両手で持ち、こちらを見上げて言った。

「ダリオと僕は兄弟です。ニュージャージーで暮らしています。鋳丸さん、ダリオと僕は何歳に見えますか？」

「え？　ダリオ君は二十歳前後、君は十歳ぐらいかと思ってたけど」

するとチコは悲しそうに微笑んだ。

「実は、ダリオも僕も二十一歳です。一卵性双生児なんです」

――双子？

さすがに驚いた鋳丸は、チコとダリオの顔を見比べた。確かにそっくりではあるが、チコはどう見たって子供だ。

雷鳥と無名も興味津々《しんしん》で見守る中、チコは話を続けた。

「二十一年前、僕たちは双子として生まれました。父は早世《そうせい》したので、母は女手一つで僕たちを育ててくれました。貧乏でしたが、それなりに楽しい子供時代でした。でも十歳になった頃、僕の成長だけが止まってしまったんです」

成長が止まる子供。

錆丸にはいやというほど聞き覚えがあったが、口は挟まず、黙ってチコの話を聞く。

「母は僕を色んな病院に連れて行きました。でも成長が止まった原因は分かりませんでした。それから十一年経《た》ち、ダリオは大人になりましたが、僕は十歳の姿のままです」

そんな二人を残し、母親は数ヵ月前に亡くなった。

残されたのは小さな家だけだが、ダリオはそれを売り払い、ロンドンにある小児科の権威にチコを診《み》てもらおうと言い出した。

チコは反対した。十年も原因不明のままだったのに、有名な医者にかかったところで治る保証もない。そのために母と暮らした想い出の家を失いたくはない。そう訴えた。

だがダリオは、一縷《いちる》の望みにかけたいと譲《ゆず》らなかった。そのロンドンの小児科医は、ホルモンの分泌《ぶんぴつ》異常で身長の伸びない子供の研究をしているのだ。

散々話し合ったが、ダリオがどうしてもチコを大人にしたいと言うので、家は売ることになった。そして先月、二人はロンドンの小児科医のもとを訪れた。

「ですが、やはり僕の成長が止まった理由は分かりませんでした。脳下垂体《のうかすいたい》や染色体《せんしょくたい》には何の異常もなく、他の症状も出ていません。『神様が君の時を止めたんじゃないかと思うよ』と言われてしまいました」

自宅を失ってまで訪れた名医にそんな冗談を言われ、兄弟は絶望した。

待合室に座り込み、会計を待ちながらボソボソと今後のことを話し合っていると、赤ん坊を抱えた女性から声をかけられた。

「あなたたちも、成長が止まった原因は不明だと言われたの。そう聞かれたんです」

それがヘルミだった。

彼女はすやすや眠る赤ん坊を兄弟に見せた。

「このソフィアはね、本当は七歳なの。でも十ヵ月でずっと成長が止まってた。そう打ち明けられました」

「……七歳？」

錆丸は思わず聞き返した。

もしそれが本当なら、ヘルミは桜の健康さが羨ましかったのではない。七歳の女の子を見て、本当なら自分の娘もこのぐらいに育っているはず、という思いにとらわれていたのだ。

「ソフィアさんは六年近く、十ヵ月児の姿のままでした。それなのに、八月に桜さんに会ってから突然、成長し出したというんです。僕たちが見た時、ソフィアさんは一歳児の大きさに成長していました」

錆丸は返事が出来なかった。

あの時、桜はソフィアと手を触れあった。するとソフィアが生まれて初めて笑った。そして突然、成長を始めた。

もし、それが本当なら。

雷鳥と無名が無言で錆丸の顔を見ている。彼らも金星特急の旅のあらましは知っている。十三歳の姿で現れた錆丸が本当は二十二歳だったこと、金星特急に乗ってから突然成長を始めたこと。チコの話と奇妙な符合《ふごう》がある。

「ヘルミさんは、桜さんと出会ったことがソフィアさんの成長を促《うなが》したと考えています」

「非科学的だよ。桜はソフィアちゃんとちょっと手を握っただけだよ」

なるべく軽い調子で錆丸は言った。チコも苦笑する。

「はい、僕も偶然だと思いました。ソフィアさんはたまたま、何らかの刺激で未知の成長ホルモンが分泌されだした。そのタイミングで桜さんに出会ったに過ぎない。そう考えたんです。でもダリオが」

チコが言葉を切ると、ダリオが後を続けた。

「このさい、試せることは全部試したかったんです。もし成長を促す女の子がいるとしたら、チコに会わせたかった」

ダリオとチコは、ヘルミから錆丸のバーの名刺をもらった。ヘルシンキ空港で、錆丸が何気なく「日本に来ることがあったら寄って下さい」と渡したものだ。

「突然押しかけて妙なお願いをしているのは分かってます。でも、チコをあなたの娘さんに会わせてくれませんか。少しでいいんです」

ダリオの真剣な顔に比べ、チコの表情は諦め混じりだった。

そんな奇跡の娘がいるなんて信じられない、だがどうしても弟を治したい兄の優しさをむげにも出来ない。そういうところだろう。

だが、錆丸には確信があった。

おそらく、桜と会えばチコは成長する。

溜息をついた。恐れていたことが起こってしまった。

桜は女神の血を引く娘だ。何らかの奇跡的な力が発動するのではないかと、錆丸は常に怯《おび》えていた。

もしかして、これがその兆候なのか？

確かめるためにも、桜とチコを会わせた方がいい。そう考えた錆丸は、二階へ上がり、寝室でぐっすり眠っていた桜を抱き上げた。

バーまで彼女を運ぶと、ダリオとチコが驚いて言う。

「娘さんが起きるまで待つつもりでしたのに」

「いや、あと数時間もじりじりしながら待つの、俺も嫌なんだ。チコさん、桜の手に触ってみて」

「大丈夫ですか？」

「運動会の練習で疲れ切ってるから、ちょっとやそっとじゃ目は覚まさないよ」

兄弟は顔を見合わせた。

ダリオからそっと背を押され、チコが錆丸に抱かれた桜へと手を伸ばす。

指先と指先が触れた。

その瞬間、電流が走ったかのようにチコが手を引っ込めた。驚いた顔だ。

「どうしたの？」

「分かりません。でも、指が熱くなった」

瞬《まばた》きもせず、チコは桜を凝視《ぎょうし》していた。再び恐る恐る手を伸ばし、桜の手をそっと握る。

チコは目を閉じた。目尻に涙が浮かんでくる。

「……どうしたの」

「分かりません。でも、何だか自分の血が綺麗になった気がする」

彼の気のせいかもしれない。桜に奇跡の治癒力《ちゆりょく》があるとの暗示にかかっているだけかもしれない。

だが、ダリオは泣き笑いの顔で言った。

「ヘルミさんの言ったとおりだ。この女の子は天使なんだ」

三日後、チコの関節の節々《ふしぶし》が痛み出した。

「成長痛だよ」

錆丸にはその痛みの正体がすぐに分かった。自分も急激に背が伸び出した時、そうなったのだ。

ダリオとチコは涙を流して桜に感謝し、アメリカに帰っていった。その際、錆丸は桜のことを誰にも話さないと約束させた。ヘルミにも連絡を取り、「天使」についてこれ以上話を広めないよう釘《くぎ》を刺す。

さらには、すでに月氏の幕営地に戻っていた無名にも電話で頼んだ。

「桜がチコを『治した』こと、誰にも言わないでくれる？」

『それは構わないけど。雷鳥様、すでに鎖様《くさりさま》には報告済みだよ』

「……だろうなあ」

覚悟はしていた。

鎖様は女神の娘である桜の成長を注意深く見守っている。たとえ雷鳥と無名が彼女に何も言わなくても、どこからかこの話を嗅《か》ぎつけてくるに違いない。

「じゃあ、鎖様と雷鳥様、無名さんの三人だけで話をとどめておいて欲しいんだ」

『了。父親は心配が絶えないな』

少しからかうような言い方に、同じ父親としてのシンパシーを感じた。彼に任せておけば、月氏で話が広まることはないだろう。

それからすぐ、バーで緊急桜対策会議が開かれた。

錆丸が桜の守護者《ガーディアン》とたのむ、砂鉄、ユースタス、三月、夏草が呼び集められ、ソフィアとチコに関する奇妙な現象を相談したのだ。錆丸は一応、伊織《いおり》にも連絡を取ろうと試《こころ》みはしたのだが、案《あん》の定《じょう》、世界のどこにいるのか定かではなかった。

「成長ホルモンの分泌を促す能力？　何だそりゃ」

砂鉄は半信半疑のようだった。

三月と夏草も、納得がいかない顔をしている。

「俺も妙だとは思うんだけどさ」

金星は奇妙な特急列車を世界のあちこちに出現させたり、人間を次々と樹に変えたり、蜥蜴《とかげ》をカメラ代わりにしたりと、絶大で不思議な力を持っていた。もし桜があの能力の半分でも受け継いでいるとしたら、ビルの一つぐらい簡単にペチャンコに出来るだろう。

そしてその場合、桜は兵器として世界中から狙われる。自分はそれを懸念《けねん》していたのだが。

「成長ホルモンを促してるのかどうかは分かんないよ、ソフィアもチコも、小児科の専門医から ホルモン異常は無いって言われてたんだし。ただ、なぜか成長の止まっていた二人の子供が桜に触れて、再び育ち始めたのだけは確かなんだ」

「ん、んんー」

腕を組んだ三月が、眉根を寄せて天井を見上げる。彼は桜に関しては常に最悪の事態を想定しているが、思いも寄らない「力」の発動に戸惑っているようだ。

だが、ユースタスが微笑んで言った。

「私は、桜らしい力だと思うぞ。難病の子を癒《い》やす能力など、そうそう持てるものではない」

「んー、癒やしの力かあ……でもめっちゃ限定的だしなあ」

ダリオとチコが帰国した後、錆丸は桜が「成長しない子供」を癒やすだけでなく、他の病気も治せるのではないかと考えた。医療従事者の知り合いを頼り、桜を病人に会わせてもみたが、特に変化はなかった。

「桜の力、他の病人には効かないみたいなんだよね。そもそも『成長しない』って病気の子はとても珍しいし、いたとしても治す方法はある。医者も匙《さじ》を投げたソフィアとチコに桜が触ったら成長が再開した、分かってるのはこれだけなんだ」

もし桜が癌《がん》を治せる能力に目覚めたとしたら、世界中で凄《すさ》まじい争奪戦になるだろう。兵器どころの騒ぎではない、人類の未来さえ左右できる力だ。

だが、この限定的な能力ではせいぜい患者本人とその家族、専門医に興味を持たれるぐらいだ。

それまで黙っていた夏草が言った。

「ソフィアとチコは、本当に病気で成長が止まっていたのか。錆丸の成長が止まっていたのと同じく、金星の仕業《しわざ》なんじゃないのか」

それは自分も疑問に思っていた。

錆丸の成長を九年間止めていたのは金星だ。再び成長を始めさせたのも金星。

もしやソフィアとチコにも金星の力が及んだのではないかと考えたが、成長が止まっている間、髪も爪も伸びなかった錆丸とは違い、チコはどちらも伸びると言っていた。代謝は普通に行われており、ただ「子供の姿のまま」だったのだ。

「違う、と思うんだよねえ。金星は死んじゃったし、今さら現世の人間に力を及ぼせるとは思えない。見知らぬフィンランド人やアメリカ人の成長を止めたって何の意味も無いし」

「では錆丸は、『成長しない子供』は金星の力が及んでいるわけではなく、ただの奇病。桜にはそれに対する治癒能力がある。そう考えるんだな」

「うん」

今のところ、そのように解釈するより他にない。

五人は話し合い、特殊で限定的な桜の能力ではあるが、徹底的に隠すことに決めた。

話が広まれば、奇跡の娘を利用したり、解剖《かいぼう》して調べたいという奴が出てくるかもしれない。

桜はあくまでも「普通の娘」として押し通すのだ。

だが、ユースタスだけは反対だった。

「ソフィアとチコの他に、奇病で苦しんでいる子供がいるかもしれない。桜にはそれを治せる能力がある。なのに、隠すのか？」

「――桜の安全には代えられない」

子を持つ親としては苦渋《くじゅう》の決断だが、桜の能力を喧伝《けんでん》するような真似だけは絶対にしたくなかった。噂だけでも人は簡単に死ぬ。桜が奇妙な能力を持つ化け物として見世物にでもされたらと思うと、錆丸はいてても立ってもいられない。

その時、バーの扉が開いた。反射的に応《こた》える。

「すみません、今晩は貸し切りなんです」

振り返った錆丸は、入り口に現れた客を見て動きを止めた。

幼児を抱いた若い夫婦。嫌な予感がする。

案の定、夫が言った。

「あの、桜ちゃんというお嬢さんはこちらでしょうか」

予感は的中したようだ。不安そうな夫婦。二歳ほどの男の子。

「奇跡を起こす女の子がいると聞いて、オランダから来ました」

錆丸が思わず目を覆うと同時に、三月が立ち上がった。

大股《おおまた》で夫婦に歩み寄り、笑顔で言う。

「そんな子、いませんよ？」

「え、でも、確かにここだと」

「ちょっと、外でお話しましょっか」

夫婦は三月の真顔に気圧《けお》されたようだった。しおしおとうなだれ、三月に背を押されるようにバーの外に出る。

夏草も立ち上がった。

「俺も一緒に話を聞いてくる。どこから桜の情報を得たのか知りたい」

「お願いするね、夏草さん」

三月だけだと、桜の情報を知る者としてあの夫婦が殺されかねない。夏草がいてくれれば安心できる。

日付が変わる頃、三月と夏草は戻ってきた。

じりじりと待っていた錆丸に、夏草が冷静に報告する。

「患者の会の間で、すでに桜の話が広まっている。もっとも、奇跡の娘を信じている親は少ないらしいが」

まれな難病には必ず患者の会がある。ヘルミとヘルシンキ空港で会ってからもう二ヵ月、今さら口止めしても遅かったのだ。

三月が舌打ちした。

「どうする？　患者の会みんな殺しとく？」

「待って待って待って、駄目駄目それ駄目」

錆丸は強く制止した。三月ならやりかねない。だが桜の父親として、患者の会に記憶喪失《そうしつ》になる薬を盛りたいのも本当だ。桜のことを忘れてさえくれれば。

砂鉄が長い煙を吐いた。

「ソフィアとチコは勝手に治っただけ、後は知らぬ存ぜぬで押し通すのが現実的だろうな。桜と患者を会わせなきゃ奇跡の起こりようもねえよ」

「ん、んん……」

さっきの夫婦のすがるような目。それを思い出すと辛いのだが、砂鉄の案が一番良いのは分かる。

「えっと、さっきのご夫婦のお子さんだけ治して、後は堅く口止めするっていうのは」

「相変わらず甘ちゃんだな、チビ。二人治しただけなら偶然と言い張れるが、三人も治せば確実に『奇跡の娘』だ。絶対に話はどこからか漏れる」

「俺も反対」

三月が冷徹に言った。

「さっきの夫婦は追い返す、そして情報を漏らさないよう脅《おど》す。殺しちゃ駄目ってなら、それが最良策」

砂鉄に三月は反対か。

錆丸が夏草をちらりと見ると、彼は淡々と言った。

「桜の父親はお前だ。判断は任せる」

「夏草さんならそう言うと思った」

だが、ここで錆丸があの夫婦の息子を治そうと主張しても、二対一だ。特に三月は強硬に反対するだろう。

かといってこのままあの夫婦を見捨てるのは、と錆丸が煩悶《はんもん》していると、ふいに、ユースタスがボソッと呟いた。

「なぜ、君たち男性はそうなのだ」

「え？」

「なぜ、桜の力なのに君たちが使い道を決める」

ユースタスの目は怒りに燃えていた。珍しく激しい口調で言う。

「なぜ、桜に決めさせない！」

――桜に。

虚《きょ》を突かれ、錆丸は黙り込んだ。砂鉄、三月、夏草もだ。

「桜の母親が桜に与えた能力だぞ、その所有権は桜にある。彼女は日々成長し、自分で考え、自分で動いている。力を使うか否かは本人に判断させるのだ！」

「桜は七歳じゃん、まだ——」

反論しかけた三月を、ユースタスが遮《さえぎ》った。

「まだ七歳ではない、もう七歳なのだ。彼女は吐蕃で新生児を見て、命の大切さを学んだ。だからこそ空港で会った赤ん坊のソフィアに興味を持ち、その手に触れた。桜が、自《みずか》ら望んで行動し、ソフィアを癒やした。錆丸、そうではないか？」

ふいに、錆丸はユースタスの薄幸《はっこう》な子供時代を思い出した。

実の母親に売られ、実の父親には無視されて育った。そこにユースタス本人の意思は介在《かいざい》せず、ただひたすら、死んだ異母兄《いぼけい》の身代わりとして成長した。

彼女には、何も選び取る自由は無かった。

「錆丸、そして三月さん。二人が桜を守りたい気持ちは痛いほど分かる。彼女を柔らかい繭《まゆ》にくるんで、どんな苦しみや痛みからも遠ざけたい、そう願うのも当然だ。だが、桜はいつか繭を破って外界に出なければならないのだ」

柔らかい繭。

ユースタスのその表現は錆丸の胸を突いた。

毎日、眠る前に思い描くイメージ。桜を守る完璧で美しい防御壁《ぼうぎょへき》。柔らかいが決して切れない糸を何重にも巻きつけて、桜をいつまでも守っていられたら。桜を狙う雄牛を遠ざけられたら。

だが、繭は破られるためにある。

破られなければそれは、中の幼虫が死んでいることになる。

錆丸は溜息をついた。

「そうだね、ユースタス。桜に決めさせよう」

「錆丸！」

錆丸に詰め寄る三月の腕を、夏草がつかんで制止した。小さく首を振る。

三月はしばらく唇を噛みしめていたが、ふいに、一言も無くバーを出て行った。夏草が溜息をつく。

「俺が行く」

「うん、じゃ、三月は任せるね」

残された砂鉄とユースタスを、錆丸は見比べた。

「俺はユースタスの忠告に従おうと思う。砂鉄は？」

すると彼は、軽く両手をあげた。

「俺がこの女に逆らえると思うか？」

皮肉そうに言った砂鉄に、錆丸は思わず苦笑した。

「砂鉄もそんな冗談言えるようになったんだね」

「天然ボケと毎日顔突き合わせてりゃ、それなりにな」

天然ボケとは誰のことだろう、みたいな顔をしているユースタスを見て、錆丸はさらに笑ってしまった。

深呼吸し、天井を見上げる。

「明日、桜が起きたら、あのご夫婦と息子さんのことを話すよ。あの子に触れるかどうか決めるのは桜だ」

だが、彼女が出す答えはもう見えていた。

錆丸がそのように育てた。彼女は優しい子なのだ。


翌日の夜、オランダの夫婦と男の子はバーに招き入れられた。

ずらりと並ぶ砂鉄、ユースタス、仏頂面《ぶっちょうづら》の三月、夏草を見回し、最後に錆丸と手をつないだ桜を見る。

「こんばんは、桜ちゃん」

若い母親が言った。すでに目が潤《うる》んでいる。

「こんばんは！」

桜は元気に答えた。本当は五歳だという男の子を興味津々で見つめているのは、お姉さんぶりたい時期だからだ。きっと彼に対しては、おすまし顔で接するだろう。

「こんばんは、桜ちゃん。君にずっと会いたかった」

父親が言うと、桜は首をかしげた。なぜ見知らぬ人間が自分に会いたがっていたのか、やはり完全には理解していない様子だ。

だが桜は、病気の子を治したいかという錆丸の問いには即答した。


——病気を治したら、その子と一緒に遊べるね。


彼女は難病の子を癒やしたいだけではない。友達になる気でいる。

その返事を聞いた錆丸は、遠いところにいる金星に呼びかけた。俺たちの娘は、こんなにも人間が好きなんだよ。きっと人間の俺に恋をした金星の血を引いているからだね。

桜は錆丸とつないでいた手を離し、男の子に近寄った。

腰をかがめて彼に目線を合わせ、笑顔で右手を差し出す。

「こんばんは。わたし、桜っていうの」

「こんばんは、さくらちゃん」

男の子もはにかんだように笑った。

「天使に会えるって聞いて楽しみだったの。天使って、こんな顔なんだね」

あとがき

嬉野　君

こんにちは、嬉野《うれしの》君《きみ》です。金星特急番外篇、お手にとって下さってありがとうございます。金星の後書きって私なに書いてたっけ、と単行本引っ張り出してきたんですが、いやあ酷《ひど》いもんですね。パンツパンツおっぱいの下ネタの嵐じゃないですか。十年前の私、読者さんの気を引きたくて必死だったんですかね。それともただの自分の性癖ですかね。

さて、本篇以外で金星特急の単行本を出させて頂くのは「金星特急・外伝」に続いて二冊目となります。外伝は主に錆丸《さびまる》以外の登場人物に焦点《しょうてん》をあて、彼らの過去の話、本篇より少し未来の話、などいくつか納めた短篇集になっております。

ですがこの「金星特急～花を追う旅」は、錆丸と桜《さくら》を中心に新しい旅の話をメインとしております。いや、子連れで海外って本当に大変らしいですが、まあ砂鉄《さてつ》とユースタスだし何とかなるかな？　と彼らに任せてしまいました。一度、中国の片田舎で小さな男の子を二人つれた日本人のご家族と同じ宿だったことがあるのですが、お母さんが嬉しそうに「日本じゃゲームばっかりやってたこの子たちも、外でウンコとオシッコする開放感を覚えたの！」っておっしゃってて、この母、強者《つわもの》だな……と感心したものでした。

「花を追う旅」ですが、小説ＷＩＮＧＳ掲載時に最も反響があったのは「雷鳥《らいちょう》様と無名《むみょう》に子供が⁉」でしたね。無名、金星本篇では惚れた女に相手にされず、あげくその女は自《みずか》ら死を選ぶ、というなかなか過酷な境遇で読者さんの同情を一身に集めていたのですが、多分これからもっと苦労しますね。優秀な人のもとにはトラブルが「解決して！　解決して！」って押し寄せてくるものなんですよ。で、雷鳥とか伊織《いおり》みたいないい加減な人間の起こす騒ぎに巻き込まれるはめになる。苦労性。

そしてもう一つ反響があったのが、とうとう夏草《なつくさ》が故郷の村を見つけたことでしょうか。なぜだか夏草にはコアなファンが付きやすいのですが（夏草過激派と私は呼んでいる）、その過激派の方々から「ロシアのどこに行けば夏草ちゃんに会えるんですか⁉」と目の色を変えて聞かれました。北欧のスカンジナビア半島とロシアを結ぶ、白海《はっかい》に面した地域だと思って下さい。トナカイ遊牧を営《いとな》むアジア系も結構いるらしいですが、最近ではロシア系との混血も進んでいるそうです。夏草のお母さんもロシア系との混血という設定でした。

ちなみに当然ながら公用語はロシア語です。おそらく英語も通じません。地面は永久凍土《えいきゅうとうど》です。怪しげな動きをしたら熊にまたがったプーチンさんに叱られるでしょう。夏草過激派の方々は頑張って下さい！

そして、「花を追う旅」を読んで二度目のグラナダに行ってきました、というメールも頂きました。

金星連載時から「アルハンブラ宮殿いってきたよ～」との報告はちょいちょい頂いていた

のですが、今回は砂鉄とユースタスがひっそり結婚式やったということで、作中に登場する「天人花《アラヤネス》のパティオ」の写真を撮りまくってきたそうです。いつか自分もここで結婚式あげたいとのご希望です。

ちなみに、アルハンブラ宮殿では本当に結婚式を挙げることが出来ます。スペイン国内には昔の城や貴族の館などを改修した国営ホテルがいくつもあるのですが、アルハンブラ宮殿には修道院を改装したホテルがあり、そこで式を挙げられるのです。アルハンブラ宮殿の写真を撮りまくってきたという読者さんは「まだ恋人もいないんですが」とおっしゃってたので、まずは隻眼《せきがん》の傭兵《ようへい》と出会い、命がけの旅をして、何度も死にそうになったり相手も死にそうになったりしながらグラナダを目指し、入籍まで持ち込んで下さい。なーに、入籍さえしちゃえばこっちのもんです。

そして、「花を追う旅」で三月《さんがつ》が故郷を探す気になったことにも、「よかった〜」の声を頂きました。これも「いつかきっと故郷を見つけますよね」とのメッセージが寄せられたのですが、実は、ここで詳しくお話しするわけにはいかないのです。

なぜならばですね、はい、注目！

２０２０年の５月より、小説ＷＩＮＧＳにて金星特急の続篇を連載しているからです！

「続・金星特急　竜血《りゅうけつ》の娘」というタイトルです。錆丸と金星《きんせい》の娘、桜が主人公となり新たな冒険の旅に出ます。三月の故郷についてはそちらで言及《げんきゅう》する予定です。

もちろんイラストは高山《たかやま》しのぶ先生ですよ！　雑誌の総表紙に、十五歳になった桜と砂鉄、三月のカラーイラストを頂いています。もう、溜息でるほど美しい。

ところでみなさん、Ａｍａｚｏｎってご存じです？　ちょいちょいっとクリックすればご自宅に本が届く魔法のページなんですが、クレジットカードっていうアイテムがあれば小説ＷＩＮＧＳもポストに飛んできます。いやあ、魔法って凄《すご》いですね。是非、新連載第一回が掲載されている小説ＷＩＮＧＳ春号、お求め下さい。

と、わざわざこんなことを書いているのは、現在、コロナ禍《か》で書店がお休みしていたり、流通も滞《とどこお》っているからなんですねー。大変なご時世だし誰も新連載読んでくれなかったらどうしようと、いつもより鼻息荒く直接的な宣伝をしております。

しかし、金星本篇が終わって何年も経《た》ってから番外篇を掲載させて頂いたり、続篇の連載が決定したのも、全て読者様の応援のおかげなんですよね。直筆のはがき、お手紙、プレゼントなどを編集部づてに送って下さって。本篇終了は２０１２年だったのですが、それ以来ずーっと熱心にエールを送って下さった方々のおかげで新連載のはこびとなりました。高山しのぶ先生も再びイラストを引き受けて下さり、私も「どんな土地に行こう、キャラにどんな服着せよう、高山先生に描いて頂くんだ！」とワクワクしております。

読者様に楽しんで頂けるよう、頑張って桜の物語を書き進める予定です。次の単行本でも皆様にお目にかかれることを願っています。

嬉野君

100号 おめでとうございます!!

①
髪結う練習する
……
ちまちまちま
②
練習台になる
カシャ
カシャ
③
仕事のお守り
桜の

非公式

W I N G S • N O V E L

【初出一覧】
武力とお菓子：小説Wings '19秋号（No.105）掲載
花を追う旅：小説Wings '18夏号（No.100）、'19秋号（No.105）掲載のものを再構成
柔らかい繭：書き下ろし

この本を読んでのご意見、ご感想などをお寄せください。
嬉野 君先生・高山しのぶ先生へのはげましのおたよりもお待ちしております。
〒113-0024　東京都文京区西片2-19-18　新書館
[ご意見・ご感想] 小説Wings編集部「金星特急・番外篇 花を追う旅」係
[はげましのおたより] 小説Wings編集部気付○○先生

金星特急・番外篇 花を追う旅

著者：嬉野 君

初版発行：2020年6月25日発行

発行所：株式会社 新書館
[編集] 〒113-0024　東京都文京区西片2-19-18　電話 03-3811-2631
[営業] 〒174-0043　東京都板橋区坂下1-22-14　電話 03-5970-3840
[URL] https://www.shinshokan.co.jp/

印刷・製本：加藤文明社

ISBN978-4-403-54222-0 Printed in Japan

S H I N S H O K A N

続・金星特急
竜血《りゅうけつ》の娘
嬉野 君
Novel Kimi URESHINO
高山しのぶ
Illustration Shinobu TAKAYAMA
「迎えに来たよ、桜《さくら》」
女たちだけが暮らす絶海《ぜっかい》の孤島に、
いわくありげな二人の男が上陸した。
男の一人が満面の笑顔で桜に手を伸ばし……？
さあ、胸躍《おど》る冒険の世界へ！
こんどの主人公は錆丸《さびまる》と金星《きんせい》の娘・桜。
「金星特急」続篇、
季刊小説ウィングスにて、好評連載中!!
（2、5、8、11月の10日発売）
SHINSHOKAN